KB121551

동창회 소묘素描

동창회 소묘素描

변영희 소설집

도화

차 례

작가의 말

동창회 소묘素描 · 9

효도비 · 29

이별 · 55

여보를 구합니다 · 83

모정 삼만 리 · 115

어머니의 특별한 여름 · 155

아버지의 밤 · 189

영혼 사진관 · 217

한 가지 소원 · 249

소설을 쓰고 싶었다. 스물한 살 가을에 부부소설가의 누각樓閣으로 피신하던 때보다 훨씬 빠른, 중1 그 무렵이었다. 소설을 왜 그리 애지중지 끌어안았더란 말인가.

그것은 서대문의 붉은 벽돌집으로부터 2.4톤 트럭으로는 다 실을 수 없는 엄청난 분량의 책 보따리를 끌고 집에 돌아온 희경禧耕언니 덕분이었을까. 현대문학, 사상계를 비롯, 세계 명작과 각종 철학 서적이 집안을 가득 채웠다.

의욕이나 결심만큼 소설을 써내지 못했다. 도리어 나 자신이 소설 그 자체를 살아왔다고 해도 과언이 아니다. 내 삶이 곧 소설이었던 셈이다.

코로나19 시절에 책을 새로 펴내다니 걱정이 앞선다. 하지만 차분한 글쓰기로 내 영혼의 쉼터를 견고히 하고 더 철저한 수행을 쌓아가려고 다짐한다.

수다한 어려움 속에서 중국 문학, 불교학, 동양학의 터널을 뚫고 나와 바야흐로 참 '나'를 찾아 새로운 여행을 떠날 차례다. 소설집 『동창회 소묘素描』로 내 고단한 여정을 함께 하고자 한다.

이 책이 재 탄생할 수 있도록 도와준, 내 가족을 비롯한 모든 분들에게 깊은 감사를 드린다. 아울러 나의 부모님 영전에 정성을 다해 큰절을 올린다.

2021. 가을

文苑변영희

동창회 소묘素描

C여고 동창회장이라는 큰 글씨 밑에 굵은 화살표가 그려져 있는 방향을 따라 엘리베이터에 올랐다. 5층이었다. 와자지껄한 소음이 흘러나왔다. 그 소음은 와글와글 여름밤을 울어대던 어린 시절에 듣던 개구리 소리 같기도 하고, 방금 전까지 퍼붓던 빗소리 같기도 하다.

"어서 오십시오!"

입구에서 나비 넥타이를 단정히 맨 청년들이 큰소리로 안내하고 있었다.

동창회장 안으로 들어서자 동창회 임원들이 두 개의 작은 테이블을 놓고 회비를 접수하는 것이 보였다.

"어! 유민자!"

올라오느라 얼굴이 발갛게 달아오른 그녀 앞에 뚱뚱보 문숙이가 달려들었다. 문숙이가 제일 먼저 반겨줄 줄은 미처 예상하지 못한 일이었다. 여고시절에 이 친구는 여드름 박사이더니 나이 사십에도 여드름이 한창이었다.

"어머! 얘!"

정희가 달려와 그녀 어깨를 탁! 쳤다. 얼마나 세게 쳤던지 오른쪽 어깨가 얼얼했다. 어느 해던가. 추석에 정희의 시골집에 갔다. 당시 신혼이던 정희 올케가 솔잎을 얹어 송편을 푸짐하게 쪄주었다. 친구들과 둘러앉아 가을 달밤에 먹는 송편 맛이라니! 완전 환상이었다.

"너, 유민자지?"

여기저기서 삼삼하게 윤곽이 잡히는 얼굴들이 중년의 펑퍼짐한 체구를 들이밀며 불쑥불쑥 튀어나왔다. 친구들의 인사는 대부분 외마디 비명이거나 기묘한 탄성이 고작이었다. 너무 오랜만이어서 무엇부터 안부를 물어야 할지 어리둥절했다. 이름만이라도 기억해 주는 것이 반갑고 대견했다.

회비를 낸 다음에 좌석번호와 이름표를 가슴에 달고 지정된 자리에 앉았다. 창가의 비교적 앞자리였다. 온 순서대로 번호를 주어서 누구하고나 뒤섞여 앉도록 좌석 배치에 세심한 신경을 쓴 흔적을 엿볼 수 있었다.

지각한 친구들이 대여섯 더 오자 홀은 꽉 차게 되었다. 이십 년 만의 동창회고 보니 C시는 물론이고 여수에서도, 대전과 울산에서도 올라왔다는 것이다.

홀 안은 소음과 활기로 출렁거렸다. 대형 테이블이 열 개이상 적당한 간격을 두고 놓여져 있고, 맥주며 콜라 사이다 등음료수가 즐비했다. 무대 맨 앞쪽엔 기념품과 선물 꾸러미들이 화려하게 포장된 채 쌓여 있었다.

피아노 연주자와 밴드맨은 진즉부터 들떠 있는 듯했고, 그들은 쉬지 않고 몸을 흔들며 무슨 노랜지 흥얼거렸다. 벽은 흰색이었고, 그림 한 장 걸려 있지 않았으나 바닥의 자줏빛 카펫으로 하여 전체적으로 깔끔하고 화려한 느낌을 주었다.

그 사이 몇 차례 요리접시가 날라진 듯, 이름도 모르는 요리들이 구수한 냄새를 풍기며 식어가고 있었다.

"얘! 너도 어서 먹어. 우리는 C시에서 일찍 나서느라고 아침밥을 안 먹었거든. 그래서 먼저 먹었단다."

학교 때 도시락을 둘째 시간 끝나고 일찍 먹어치우고, 정작점심시간에는 꽈배기와 도오넛을 사 먹으러 구내매점으로 달려가던 동옥이가 음식접시를 그녀 앞으로 돌려주며 맏동서처럼 은근하게 굴었다. 여고 졸업 후 상업은행에 취직했던 동옥이는 동료 행원과 열애 끝에 결혼했다고 하더니 복스럽고 후덕한 모습이 더욱 돋보였다.

그녀는 시장한 김에 고로케를 집어 먹었다. 중국식 뷔페는연속 새로운 요리를 제공하고 있었다.

동창회 사회자는 성혜였다. 성혜는 먼저 동창회장을 무대에 세웠다. 회장의 인삿말이 끝나자 성혜는 장기자랑을 제안했다.

　　"지금부터 장기 자랑을 시작하겠습니다. 아름다운 목소리로 여러 동문들을 즐겁게 해주실 용의가 있는 분은 지체 말고 앞으로 나와 주시기 바랍니다."

　　성혜는 영락없는 헤비급의 중후한 중년이 되어 있었다. 소녀 적엔 멀쑥하게 키만 컸는데 그 큰 키에 살까지 지독하게 쪄 있었다. 박스 스타일의 비취색 원피스는 그 친구의 강건한 몸매를 한결 더 코믹하게 받쳐주었다.

　　아무도 나오지 않자 성혜는 사회자가 솔선수범을 보이겠다고 폼을 잡았다.

　　두만강 푸른 물에 노젓는 뱃사공
　　흘러간 그 옛날에 내 님을 싣고
　　떠나던 그 배는 어디로 갔소
　　그리운 내 님이여, 그리운 내님이여
　　언제나 오려나

　　두 눈을 지긋히 감고 허리를 꼬면서 부르는 성혜의 '두만강'은 일품이었다. '그리운 내 님이여' 하고 끝 구절을 길게 잡아 끌면서 얼굴을 잔뜩 찡그리고 우는 표정을 짓자 홀 안은 웃음

바다가 되었다. 말똥 굴러가는 것만 보아도 까르르르 웃는다는 그런 나이도 아니고, 육십 명의 다 자란 처녀 애들 앞에서, 수줍은 총각 선생님이 부임 인사를 하는 자리도 아니련만, 친구들은 웃으려고 동창회에 나온 듯이, 눈물 콧물 범벅이 된 채 맘껏 웃어댔다.

"에, 그러면 지명을 하기로 하겠습니다. 지명을 받은 분들은 우물쭈물 하지 말고 앞으로 나와주시면 감사하겠습니다. 그럼 먼저 C시의 ○○서장 사모님 김여옥 동문을 이 자리에 모시겠습니다."

성혜의 지명이 떨어지자 큰 박수가 쏟아졌다. 제 이름 놔두고 남편의 직함에 준하여 호칭되는 것이 조금 신기하다면 신기한 풍경이었다. 여자가 출가하면 한 남자의 아내가 되면서 아버지가 지어준 이름 석자는 대부분 무용하게 변하기 마련인가. 그렇게 호칭하는 것을 친구들은 당연하게 받아들이는 것 같았다.

여옥은 지체하지 않았다. 청남색 스커트 자락을 쓸어내리며 무대를 향해서 성큼성큼 걸어나갔다. 여옥의 호리호리한 몸매는 여전했다. 청춘 과수인 여옥의 어머니가 애지중지 외동딸을 대학까지 공부시켰다던가. ○○서장 사위는 아들 몫까지 잘 해낸다는 얘기를 전에 들은 적이 있다.

그녀는 그제야 홀 안을 구석구석 살펴보았다. 영주가 눈에 띄지 않았다. 정애 전화로는 분명히 영주가 동창회에 나온다고 했다. 동창회에서 영주를 만날 생각을 하자 괜스레 가슴이 설레었다. 영주를 만나기 위해 동창회에 참석했다고 해도 지나치지는 않을 것이었다.

영주하고는 유치원부터 고교 과정까지 쭉 같이 다닌 친형제나 진배없는 사이였다. 그녀보다 두 살 위인 영주는 딸만 셋인 집안의 맏이였는데 엉뚱하고 묘한 구석이 있었다.

초등학교 3학년 때였다. 영주는 자기 집을 금집, 은집이라고 허풍을 떨어 반애들을 놀라게 했다. 금기둥과 은벽으로 된 집에서 밤마다 예쁜 요정들이 춤을 춘다는 것이다. 그것은 동화에서나 가능한 얘기였지만 반 애들은 그런 영주의 말을 곧이곧대로 믿었다.

그녀는 거짓말을 그럴듯하게 꾸며대는 영주가 재미있고 유능해 보였다. 눈을 둥그렇게 뜨고 손짓 발짓을 하면서 춤추는 요정 흉내를 내보이면 그녀는 제일 먼저 손뼉을 쳤고 '어머나! 그래서 어떻게 됐니?' 하면서 다음 얘기를 재촉했다.

반애들이 영주네 집을 방문했다. 금기둥과 은벽은 아니더라도 영주네 집은 그런대로 알아 줄만 하였다. 영주 아버지는 C시 지방법원 판사였고, 영주네는 규모가 큰 적산가옥의 관사에 살았다. 잘 가꾸어진 잔디밭에 석탑이며 비각 같은 석물들이 우뚝 서 있고, 진기한 화초와 각종 정원수들이 무성했던 걸로 기억한다. 벽지를 바르지 않은 벽은 자개 같은 것이 무수히 박혀 햇볕에 반짝이는 것을 볼 수 있었다.

여름방학에 임간학교가 개설되었다. 각 반에서 임간학교에 참여하게 되었다. C시 근방의 고적답사, 물놀이, 곤충채집, 그림그리기 등 다채로운 프로그램이 어린이들을 매혹시켰다. 5박 6일 동안의 임간학교는 휴전 후의 세정과는 동떨어지게 즐겁고 활기찼다.

영주는 우리 조에서 단연 인기 있는 주역으로 부상했다. 그 애의 기발한 거짓말 때문이었다. 화장실을 갈 때마다 대구에서 전학 온 민수가 지켜 서 있다가 여자애들 치마를 벗긴다는 등, 귀신 흉내를 낸다는 등, 대개 그런 것들이었는데, 그때부터 우리들은 삼삼오오 짝을 지어 화장실을 다녀야 했다.

기이한 행동의 주범으로 민수를 지목한 것은 영주다운 발상이었다. 영주가 민수에게 악의나 고의성이 있어서는 아닌 것 같고, 은근히 호감을 가지고 있는지도 모를 일이었다. 민수는 무고하게 벌을 섰지만 반 애들은 영주의 거짓말에 대해서 항의하거나 반박하기는커녕 즐기는 편이었다. 그들 모두 악동 기질이 농후했다.

고등학교 졸업 무렵이었다. 영주 아버지가 서울로 전근갔다. 영주 어머니와 영주 동생들은 서울로 이사를 갔다. 영주는 먼 친척인 경신이네 집에서 졸업하기까지 머물다가 S여대 음대로 진학했고, 그 후로는 소식을 들을 수 없게 되었다.

집을 나설 때는 멀쩡하던 하늘에서 후드득후드득 빗방울이
떨어졌다. 그녀는 어디라도 들어가 비를 피할 셈으로 뛰어가
는데, 웬 여자가 재빨리 뛰어와서 우산을 씌워주었다.

"댁은 어디까지 가시나요?"

그녀가 고마운 인사를 이렇게 대신하면서 흘깃 옆의 여자
를 바라보았다.

"혹시 너 김영주 아니니?"

"어쩜! 너, 민자구나!"

그들은 누가 먼저랄 것도 없이 '귀로'라는 찻집으로 들어섰
다. 영주는 S여대 음대를 졸업하자마자 나이가 십여 년 이상
이나 차이나는, 판사인 남편과 결혼했다고 했다. 남편감이 키
도 작고 나이도 많았지만 장래성을 보고 영주의 아버지가 적
극 밀어서 성혼이 되었다는 그런 이야기를 덧붙였다.

"애 민자야! 여자가 공부는 많이 해서 뭘 하겠니, 여자는 남
편만 잘 만나면 돼. 학벌 좋고 직업 확실하면 더 볼 것도 없단
다. 호호호."

영주는 호들갑스럽게 웃었다. 속이 빈 것 같기도 하고, 다
소 가식이 섞인 웃음소리였지만 어찌됐든 그녀는 영주의 행복
을 부정할 생각은 없었다. 영주의 결혼생활이 잘 돼가고 있겠

거니 하고 지내오다가 다시 소식을 듣게 된 건 최근의 일이었다.

지난 주말에 그녀는 가족들의 선물을 살 겸 백화점에 갔다가 우연히 정애와 경신이를 만났다. 경신이는 과장된 제스처를 써가면서 영주의 소식을 전했다. 한마디로 영주가 돌았다는 것이다. 경신이는 검지손가락을 머리에 올리고 빙글빙글 돌리는 시늉을 했다. 나이 많은 남편하고는 삼 년째 별거를 하고 있고, 영주는 빚더미에 앉았다는 제보였다.

그런 영주가 동창회에 참석한다는 소식을 정애가 전화로 전했을 때 그녀는 좀 아연했다. 하긴 동창회에 나오는 조건이 따로 갖추어진 건 아니니까 영주의 참석을 놓고 심각해하는 그녀가 소심하게 여겨지기도 했다.

"어머! 민자 너 여기 있었구나. 나는 그런 줄도 모르고 여태 찾았잖아."

영주 생각을 하고 있던 그녀에게 정애가 다가왔다. 정애의 초록 바탕에 큼직큼직한 핑크빛 장미 무늬가 있는 원피스는 매우 인상적이었다. 동창회에 참석하기 위해서 새로 장만한 듯 무척 고급스러워보였다.

"밖으로 잠깐 나가자. 할 얘기가 있어."

정애가 그녀 팔을 잡아끌었다.

홀 밖으로 나오니 경신이가 벌써 와 있었다. 우리 셋은 영주와 함께 초등학교 때 줄곧 무용반에서 활동한 사이였다.

"영주가 안 왔잖아?"

그녀는 대뜸 영주 얘기를 꺼냈다. 처음부터 영주가 동창회에 나오지 않는다고 했으면 동창회에 불참했을 것이다. 비가 오기도 했지만 어쩐지 마음이 내키지 않았다.

"지가 무슨 수로 동창회에 나오니? 글쎄, 동창계 합네 하면서 친구들한테 빚을 얻어 갔다지 않니. 이자도 한 푼 안 갚고 염치없이 여길 어디라고 나와?"

경신이는 신경질이 나 있는 말투였다. 영주가 눈앞에 있다면 한바탕 싸움이라도 벌일 것만 같이 험악한 기세였다.

"나도 그동안 고생을 했다면 했거든, 그래서 그런지 모르지만 동창 중에 누가 잘 안 됐다고 하면 내일처럼 마음이 아프더라고. 그런데 하필이면 영주가 그렇게 될 게 뭐람."

정애가 눈물을 글썽이며 말끝을 흐렸다. 그녀는 묵묵히 듣기만 했다.

"영주 남편이란 작자가 보기보다 아주 무능한 남자래. 술고래에다 주벽이 심하대요. 생활이 어렵게 되니까 영주가 닥치는대로 장사도 하고 그러다가 부동산에 손을 댔다나봐. 본래 왜 그 애가 엉뚱하잖니. 너 임간학교 때 생각나? 그리고 뭐니? 지 네 집이 금집 은집이라고 터무니없이 떠들던 것 기억나지?"

경신이는 영주의 불행을 전하면서 얼마간 신바람이 난 것 같았다. 마치 영주의 불행한 뉴스를 떠벌이기 위해 동창회에 나온 인상마저 풍겼다.

영주의 형편이 그렇다고 해도 그녀는 영주가 친지들에게 마구 급전을 빌어다가 망국적이고 해괴한 부동산 투기 열풍에 휩쓸린 이유는 짐작이 되지 않았다. 영주는 누가 보아도 어엿한 판사 사모님이었고, 처음부터 풍족하게 출발했지 않은가. 한 푼이라도 더 벌기 위해서 아등바등할 만큼 억척스런 면도 없는 친구였다.

"그래도 동창회는 나온다고 했다면서?"

"흥! 옛날 친구 만나서 돈이나 꾸어보려고 했겠지."

그녀가 추궁하듯 말하자 경신이가 퉁명을 떨었다.

홀에서는 우레같은 박수 소리가 터져나왔다. 피아노 반주에 맞춰 부르는 여고시절의 명곡과 최근에 유행하는 가요들이 크리스마스 캐럴이 넘치는 거리 풍경처럼 어지럽게 들려왔다. 목소리에 화음은 부족했지만 여전히 곱고 서정이 깃든 목소리였다. 코허리가 시큰했다. C여고 음악실에서 종합예술제를 위한 합창 연습이라도 하고 있는 것처럼 아름다운 착각에 빠져들기도 했다.

그녀는 정애와 경신이를 남겨두고 슬며시 홀 안으로 들어왔다. 마침 마이크를 잡고 노래를 부르는 것은 순영이었다. 서른이 넘도록 올드 미스로 지내다가 뒤늦게 의사한테 시집갔다는 순영이는 앳된 소녀처럼 피부가 투명했다. 곤색 투피스가 그 친구를 더욱 세련돼 보이게 하는 것 같았다.

"우리 사모님, 노래 솜씨 짱! 이네!"

"동창회 나오려고 살림도 안하고 유행가 연습만 했심더."

동창 중에서 유일하게 경상도 신랑을 만나 울산에 산다는 지희가 순영이 대신 그 말을 받았다. 지희는 울산에서 서울까지 고속버스 대신 남편의 승용차를 타고 왔다고 자랑했다. 누가 보아도 지희의 남편은 대단한 애처가로 보였다.

오후 4시가 되자 동창회의 흥은 절정에 달했다. 춤을 출 줄 알건 모르건, 친구들은 테이블을 뒤로 몰아놓고 디스코를 추었다. 밴드는 귀청을 뚫을 듯이 요란했고 얌전한 숙녀도 고상한 귀부인도 없었다. 홀 전체가 한 덩어리가 되어 빙글빙글 돌아갔다. 중년 소녀들의 춤솜씨는 수준 이상이었다.

"에, 그러면 마지막으로 다 함께 교가를 부르시겠습니다."

사회자가 교가 합창을 제의했다.

　　우암산 푸른 송림 우리의 기상이요
　　금강에 흐르는 물 우리의 태라
　　지혜와 덕을 닦아 모여든 처녀들

슬기 있는 여인되어 삼천리에 빛나라

이백이십삼 명의 중년 여학생들이 부르는 노랫소리는 눅눅하게 습기 찬 홀 바닥이며 천정과 벽, 그리고 복도와 층계 곳곳으로 퍼져나갔다. 가사를 잊어버리지 않고 정확하게 부르는 게 기특했다.

이 강산 방방곡곡 퍼지는 날엔
그 향기 높으리 그 향기 높으리
우리 ○○여고 우리 ○○여고

교가 합창이 끝났다. 친구들은 약속이라도 한 듯 힘차게 박수를 쳤다. 손수건으로 두 눈을 꼭꼭 찍어내는 감상파들도 있었다.

"회장! 너 오늘 수고 많았어!"

회장으로 불린 친구는 큰 눈을 깜박거리며 고개를 끄덕거렸다.

"잘 가라 얘들아!"

"내년에도 우리 또 만나자!"

친구들은 손을 흔들면서 출구로 밀려 나갔다.

여의도 아파트 숲에, 서울대교에, 동서사방으로 이어진 거리 곳곳에 굵은 빗줄기는 여전하게 쏟아지고 있었다.

"우리 영주네 집에 가보자. 친구가 그렇게 되었다는데 우리가 어떻게 모른척 할 수가 있니?"

굳이 거창한 명분을 내세우지 않더라도 동창회에 불참한 친구의 근황이 궁금하기는 그녀도 마찬가지였다. 더구나 꼭 나올 줄 믿었던 영주를 만나지 못하고 가게 되어 발걸음이 무거웠다.

"그래! 그렇게 하자."

그녀는 찬성을 했다. 억수로 퍼붓는 비도 아랑곳하지 않는 정애의 따뜻한 마음씨가 그녀에게 아슴아슴 전해졌다.

"얘들은, 비가 이렇게 오는데 어딜 간다고 그래? 비를 쪼르륵 맞고 허겁지겁 찾아간다고 영주가 반가워할 줄 아니? 돈이나 싸들고 가면 몰라도."

초등학교 때 남자애들하고 싸움을 제일 많이 한 건 경신이였다. 보통 여자애들은 남자애들이 시비를 걸거나 건드리면 피한다. 경신이는 먼저 싸움을 걸었다. 목소리도 컸고, 체구가 큰 만큼 힘도 셌다. 남자애들도 경신이 앞에서는 절절맸다.

"넌 어쩌면 영주를 나쁘게만 보니? 나는 동창회 도중이라도 영주에게 달려가고 싶더라. 네가 안 가겠다면 우리 둘이 가볼 거야."

정애가 정색을 하고 말했다.

정애와 그녀 둘이서 지하다방을 나와 동창회가 열렸던 5층으로 다시 올라갔다. 그때까지도 회장인 정자를 비롯, 동창회 임원들은 참석자의 명단을 정리하고 경비를 계산하고 있었다. 그들의 얼굴에는 동창회를 **성황리**에 마친 것에 대한 만족감으로 엷은 홍조를 띠고 있었다.

여고 동창회는 불참한 다른 친구가 말한 것처럼 돈푼이나 있는 친구들의 놀이터, 남편 자랑 자식 자랑 마당은 아니었다. 동창회에 나와서 오래 만나지 못했던 친구들을 만났고, 더구나 영주의 소식을 소상하게 들을 수 있어 나름대로 의의가 있었다. 내년에는 영주가 동창회에 꼭 참석하기를 원했다. 그러나 일 년이라는 시간을 기다리기는 너무 멀었다.

"애들아! 혹시 너희들 김영주 주소 아니?"

그녀는 공연히 조급해졌다.

"응! 동창회 수첩에 주소는 나와 있어. 그런데 주소만 갖고 찾을 수 있을까 모르겠네. 비가 이렇게 오는데…"

그들은 영주의 주소를 받아 들고 5층을 물러나왔다. 불현듯 초등학교 시절 잘 영근 찰수수대를 몰래 잘라, 들킬까봐 날래게 도망가던 일이 생각났다. 수숫대 말고도 남의 밭에 들어가 무를 캐서 손톱으로 껍질을 벗겨 먹기도 했다. 그럴 때 영주는 맨 뒤에 뒤처져서 따라오곤 했다.

시내버스가 닿지 않는 영주네 집은 12인승 봉고차를 갈아타야 했다. 정애와 그녀는 근처 약국으로 가서 별도의 봉고차 승차권을 예매했다. 봉고차는 꼬불꼬불한 언덕길을 십여 분 넘게 달리더니 연립주택을 짓고 있는 공터에서 정차했다. 거기서부터는 골목이 여러 갈래로 얼크러져 있고, 그 비좁은 골목은 TV에서 보던 달동네와 다를 바가 없었다.

그들은 우산을 펼쳐 들고 야트막한 지붕들이 거의 맞닿은 듯한 좁고 긴 골목을 질퍽거리며 걸어갔다.

"이 집이 맞는 것 같아!"

정애가 낡은 기와집 앞에 걸음을 멈춘다. 높지 않은 블록 담장 위에 나팔꽃 넝쿨이 제멋대로 엉켜 비를 맞고 있었다. 정애가 주먹을 쥐고 철대문을 힘껏 두들겼다. 페인트가 벗겨져 불그스럼하게 녹이 쓸어 있는 철대문이 둔탁한 소리를 냈다. 곧 대문 안에서 수런수런 말소리가 들리는 같더니 이어서 "누구세요?" 하는 음성이 들려왔다. 영주의 음성이었다. 이십 년 세월에 강산이 변했지만 어릴 때 듣던 음성은 변함이 없었다.

"얘, 영주야! 나 민자야. 정애도 왔어."

그녀는 감격했다. 남편과 삼 년씩이나 별거한다는 것은 근거 없는 소문이었을까. 영주의 목소리는 의외로 밝고 힘이 느껴졌다.

"뭐라고? 민자하고 정애라고? 너희들 뭐하러 왔어? 내 얘기 퍼트리려고 왔니? 그냥 가!"

영주의 목소리는 앙칼지고 도전적이었다.

"왜 그러니 영주야, 너 어디가 아프니? 우리가 찾아온 게 그렇게 못마땅하니? 너무한다. 너 어떻게 그럴 수가 있니."

정애가 빠르게 말했다. 영주는 못 들었는지 그대로 안채로 들어가는 기척이었다. 녹 쓸고 낡은 파란색 철대문만이 그들 앞을 가로막고 있었다.

"민자야! 우리가 괜히 왔어. 과잉 감상이 발동을 해서 이런 결과를 빚은 거지. 비 때문이야."

정애가 난데없이 비를 원망하기 시작했다. 원망의 상대가 비가 아니었으면 정애는 울음이라도 터트릴 것만 같았다. 그녀라고 조금도 나을 것이 없었다.

"동창회를 안 했으면 우리가 영주네 집에 오고 싶다고 생각이나 했겠니."

영주의 문전박대는 그들에게 끝내 풀리지 않는 수수께끼였다.

그들은 발길을 돌려 빗길을 맥없이 걸었다. 시내로 나가려면 봉고차를 어디서 타야 하는지 알지도 못했다. 뭣에 씌웠다고 하더니 정애와 그녀가 그랬다. 진창을 얼마쯤 걸어가니 큰 길이 보였다.

집이 먼 정애가 먼저 가겠다고 했다. 그녀는 정애를 먼저 보내고나서 근처 슈퍼로 갔다. 집으로 그냥 돌아가서는 안 될 것 같았다. 영주의 얼굴을 반드시 보고 가리라. 영주의 아이들이 학교에서 돌아올 때까지 기다리자.

그녀는 슈퍼에서 수박을 한 통 사들었다. 굽높은 구두가 돌뿌리에 걸려 진수렁에 자빠질 위험을 수차례 겪으면서 봉고차가 정차하는 약국 앞으로 걸어갔다. 그 순간 뜸하던 빗줄기가 더 굵어지더니 빗살처럼 진창에 마구 내려꽂히고 있었다.

효도비

8-1번 시내버스는 홍제동을 지나 세검정 골짜기의 꽃길을 향해 달려간다.

조붓한 산길을 따라 제멋대로 지어진 집들이 있는가 하면, 산그늘과 숲에는 산벚꽃과 목련꽃들이 만발했다. 바야흐로 꽃의 계절이었다.

수희는 오른쪽 팔이 따스해 오는 감촉을 즐기며 눈을 감는다. 따스한 감촉은 얼마간 그녀의 몸과 마음을 편안하게 해주었다. 눈을 감아도 버스가 나무 그늘 밑을 지나가고 있는지, 햇빛 밝은 곳을 지나가는지 그녀는 명확하게 짐작하고 있다.

그녀는 전신으로 진한 피곤을 느낀다. 잇몸까지 욱신욱신 쑤셔서 가게 아줌마가 차려준 아침밥도 뜨는 둥 마는 둥 했다. 입안이 깔깔하고 혓바늘까지 돋아 음식물이 들어가면 더 쓰라리고 아팠다.

여섯 살 때였을까.

짓궂은 동네 머슴애들이 멀쩡한 길을 움푹하게 파서 그 속에 물을 채운 다음, 얼기설기 막대기와 지푸라기로 덮어놓고 행인들이 빠지게 하는 것을 본 일이 있다. 그 구덩이에 발을 빠트린 어른들이 울상을 짓고 서서, 어이! 고얀 놈들! 하면서 혀를 끌끌 차면서 그곳을 지나갔다.

수희의 오빠 수일이는 악동들의 두목격으로 유치원에 다닐 때부터 또래 중에서 악명을 날렸다. 수희는 느닷없이 그때의 함정을 떠올리며 몸을 흠칫 떨었다. 눈을 감고 있는 동안, 누군가가 그녀의 발밑에 그만한 함정을 만들어 놓은 게 아닌가 하는 괜한 걱정이 머리를 쳐들었다.

지나가는 사람들을 흙구덩이에 빠지게 해놓고 도망친 수일이 패거리처럼 그녀도 도망갈 곳이 있었으면 좋겠다고 생각했다. 버스에서 내리지 말고 더 멀리 끝도 없이 달려갔으면, 제발 멈추지 말았으면, 그것이 불가능한 바람인 줄 뻔히 알면서도 그녀는 간절했다.

나쁜 사람들! 정말 한심한 사람들!

그녀가 열에 뜬 환자처럼 탄식했다. 무지도 그런 무지가 없다. 주방장廚房長의 주자字도 모르고 감히 요식업에 뛰어들다니 한심한 건 바로 그녀 자신이었다.

깍! 깍! 깍!

아침마다 전봇대에서 우는 까치가 비웃을 지경이었다. 요식업 경영에 대한 계획과 결정은 무지하고 순진하다는 정도에서 한참 어긋나 있었다. 잠을 자다가도 어떻게 하지, 이일을 어떻게 해? 하면서 심장 부위에 극심한 통증을 느끼고 그녀는 소스라쳐 깨어나기 일쑤였다.

그녀는 자주 눈을 떴다 감았다를 반복한다. 눈을 감고 있다 보면 어릴 때 수일이가 파놓은 함정 같은 것이 그녀의 발목을 거머쥘 것만 같았다. 두려움이 비구름처럼 새카맣게 밀려왔다.

거리엔 진달래꽃보다 더 산뜻하게, 목련꽃보다 더 우아하게 멋을 부린 그녀 또래 젊은 여인들의 옷차림이 곱고 밝아보였다. 젊은 여인들 뿐아니라 모든 사람들이 무르익은 봄기운에 흠뻑 취한 것처럼 보였다.

버스가 종로 4가에 정차했다. 승객들이 우르르 앞으로 몰려갔다. 그녀는 그들 뒤를 따라 버스에서 내렸다. 땅바닥에 발을 내딛는 순간 뒤통수에서 피가 쏠리듯, 텅 빈 것처럼 홀연 정신이 아득해졌다.

가까스로 기운을 차리고 그녀는 S대학 부속병원을 향해 걸어갔다. 창경궁으로 가는 인파가 평일인데도 제법 밀리고 있었다. 창경궁의 흐드러진 벚꽃이 매일같이 조간신문을 장식했기 때문인가.

그녀의 눈 주위로 작은 별꽃 같기도, 무슨 날파리 같기도 한 것이 흩날렸다. 그것들은 잡으려해도 잡히지 않고, 정신을 흐리멍텅하게 했다.

사는 게 뭐지? 왜 살지? 정신이 몽롱해졌다가 퍼뜩 정신이 들 때면 그녀는 허공에 대고 부르짖었다.

내과 병동의 엘리베이터는 예외없이 만원이었다. 수희는 6층에서 내려 화살표 방향으로 걸어갔다. 음산하고 정적이 깔린 긴 복도가 좌우로 뻗어 있었고, 615호실은 간호사실 바로 앞이었다. 그녀의 구둣소리가 615실 앞에 뚝, 그쳤다.

병실 문에는 여섯 명의 환자 이름이 적혀 있었다. 김미순이란 낯익은 이름자가 눈에 들어왔다. 그녀가 마른 침을 꿀컥 삼켰다. 옷깃을 여미고 조심스럽게 병실 문을 열었다.

"어이쿠! 수희가 오는구나. 어서 오너라. 바쁠텐데 어떻게 빠져나왔니?"

반포이모가 그녀 손을 잡아끌며 반색했다.

"그래, 장사는 잘돼 가니? 근데 네 꼴이 말이 아니구나."

어머니가 인기척에 눈을 뜬다. 그녀를 알아보고 웃을 듯 말 듯, 애매한 표정을 지었다. 수척하고 탈진한 모습이었다.

"네 엄마가 그래도 요즘은 많이 좋아지셨다. 저번 같아서는 일 당하는 줄 알았지 뭐냐."

반포이모가 어머니의 가죽만 남은 손을 쥐고 한숨을 쉬었다.

"애야! 거기 좀 앉거라."

반포이모가 침대 이불을 조금 걷어올리고 자리를 내주었다. 그녀는 전신에 냉기가 싹 돌면서 머릿속에서 물 내려가는 소리를 들었다. 선 채로 폭삭 무너질 것만 같았다. 과로 때문일 것이다.

"어머니! 좀 어떠세요? 어서 일어나셔서 저희 가게에도 나오시고 저 좀 도와주시면 얼마나 좋아요."

그녀는 그렇게라도 어머니의 삶의 의지를 깨우쳐 주고 싶은 마음에서였다. 뭔가 할 일이 있다고 생각하면 병상에서나마 한 줄기 희망이 솟아날 수 있을 것 같았다.

"그러게나 말이다."

반포이모가 어머니를 대신하여 그녀의 말을 받았다. 어머니만 계시다면, 가게에서 종업원들이 제멋대로 굴지는 않을 것이다. 한밤중에 저들끼리 모여앉아 고기를 굽고, 맥주를 짝으로 퍼마시는 짓거리도 할 수 없을 것이다. 고스톱으로 밤을 지새거나 무단 외출로 가게를 소홀히 하는 일도 줄어들 것이었다. 감독하는 사람은커녕 주인이랍시고 요식업에 전혀 문외한이니 남녀 종업원들은 그녀를 깔보았다. 장사가 되든 말든

자기들 하고 싶은 대로 했다.

"그래! 그랬으면 오죽이나 좋겠니. 느이 어머니 음식 솜씨야 근동에서 다 알아주었는데, 쯧쯧."

반포이모가 간절한 눈빛으로 수희를 바라본다.

"어머니! 잡숫고 싶은 거 있으면 말씀하세요. 제가 사다 드리고 갈게요."

그녀의 손목시계는 오전 열한 시를 지나고 있었다. 마음이 초조해지기 시작한다. 어디를 가도 식당 일이 걱정이다. 긴급한 볼일이 있어 잠시 가게를 비우는 경우에도 그녀의 마음은 편치 않았다. 늘 동동걸음을 쳤고, 쫓기는 기분이 들었다.

주인의 입장은 손톱만큼도 고려하지 않는, 이기적이고 직업의식 없는 사람들이 그녀는 스트레스였다. 오로지 눈치 하나만 고도로 발달된 그들은 어떤 말에도 무조건 반항한다. 오만불손이다. 자기네들끼리도 틈만 나면 아웅다웅 싸웠고, 직업에 대한 투철한 사명감 같은 건 아예 없어보였다.

툭하면 이 구실 저 핑계를 대고 결근하기를 밥먹듯 하고, 전화 한 통화 없이 몇 날 며칠을 증발해버려 곤욕을 치른 일도 비일비재했다. 이를테면 골탕 좀 먹어봐라! 이 시로도 아줌마야! 하는 식이었다.

"벌써 가려고 그러니?"

어머니의 잦아드는 듯한 음성이 그녀의 가슴에 예리한 꼬챙이처럼 찍힌다. 수희의 심장이 벌렁벌렁 뛴다. 음험한 사망의 그림자가 어머니의 여윈 몸을 휘감고 있었다. 푹 꺼진 두 눈에 어른거리는 죽음의 냄새는 누구도 부인할 수 없을 만큼 뚜렷히 전해져 왔다.

"병원에선 무엇보다도 섭생을 잘하면 회복이 빠를 거라고 하는구나. 이집 저집 떠돌아다니는 신세로야 어디 원."

반포이모가 비장한 카드를 뽑듯 조심스럽게 넋두리를 토했다.

그녀는 미리 준비해간 봉투를 어머니의 베개 밑에 찔러넣은 다음, 쫓기는 날짐승처럼 병실을 나왔다. 긴 복도를 걸어서 엘리베이터까지 나오는 동안 누군가가 뒷덜미를 잡아채는 듯, 진땀이 얼굴 전면에 송글송글 돋아났다. 시야가 안개속같이 부옇게 흐리면서 어지러움증이 엄습했다. 빈혈이었다. 그녀는 한 손으로 이마를 짚은 채 엉거주춤 바닥에 주저앉는다.

"아니 순원이 엄마가 장사를 한다고? 장사할 사람이 따로 있지. 오래 살다보니 별소릴 다 듣겠네."

"저렇게 얌전하게 생긴 여자가 무슨 식당업을? 말이나 돼?"

동네 사람들은 아침 일찍 10kg 쌀 한 포대가 너끈히 들어갈 만한 큰 가방을 둘러메고 나가는 그녀의 등 뒤에서 수군거렸다.

"순원이 아빠가 벌어다 주는 거로 살림이나 살지, 뭐 할라고 저 고생을 한담."

"친정엄마를 모시기 위해 가게를 냈다나봐요."

"왜 그 관상을 가지고 하필 험한 바닥에 뛰어드누. 곱게 늙어갈 나이에."

십여 년 이상 연희동에서 살며 가깝게 지낸 우철 엄마는 식당 영업이 험한 바닥인 걸 진즉에 알고 있는 눈치였다. 아이들 크는 것도 비슷하고 월급쟁이인 공무원 남편들도 서로 그만그만해서 이따금 골목에서 만나면 시간 가는 줄 모르게 이야기꽃을 피우던 다정한 이웃이었다.

그녀가 식당업을 선택한 데에는 남편의 강권이 100%였다. 요식업 경영에 대한 책까지 사다주며 스포츠 용품매장을 내겠다는 그녀를 설득했다. 당시 스포츠 용품매장은 전국 중·고등학교 교복 자율화로 성황이었다.

"요식업은 현찰장사라 불경기에도 자금 회전이 용이하다고. 다른 업종을 선택할 거면 나는 자본금을 투자할 수가 없어!"

남편의 강요에 그녀는 어쩔 수 없이 동의했다. 그 업종이 내키지 않아도 별 도리가 없음을 알기 때문이었다. 그래, 넉넉잡고 2년이다. 2년 정도만 고생하면 어머니에게 서민아파트 한 채는 사드릴 수가 있을 것 아닌가. 시내에서 거리가 좀 떨어져 있지만, 평소에 보아둔 21평 서민아파트가 그녀의 눈에 어른거렸다. 사업 자금을 남편에게 의존해야 하는 한 그의 의견에 따를 수밖에 없었다.

"당신 꼭 사업 전선에 나가야 되겠어? 당신은 절대 장사할 사람이 아니야! 내 말 잘 들어!"

언제는 업종을 바꾸면 사업 자금을 당장 내줄 것처럼 하더니. 며칠 지나지 않아서 남편은 쌩뚱한 말로 그녀를 윽박질렀다. 그녀는 남편의 변심을 알 수가 없어 답답했다.

"장사할 사람이 어디 따로 태어났어요? 남이라고 다 하는데 내가 왜 못해요. 나도 우두커니 당신만 쳐다보고 있는 것 피곤해요. 저도 이 기회에 친정어머니에게 딸도 자식인데 효도를 해보고 싶어요. 애들도 학비가 점점 늘어나요. 애들 장래를 위해서라도 제가 집에만 있어서 되는 거 아니잖아요. 딱 한 번만 밀어주세요."

그녀는 단호했다.

부동산 중개업소는 큰 길가나 골목 어귀에 눈이 어지러울 만큼 많고 많았다.

"식당을 하신다면 누가 하실건데요? 예? 아주머니가요?"

부동산 아저씨들은 하나같이 불친절했다. 문을 열고 들어서면, 한 번 힐끗 돌아보고는 장기판만 들여다본다든지, 마땅한 자리가 없다고 따돌렸다. 어설프게 생긴 여자를 손님이랍시고 데리고 다니며 괜한 다리품은 팔지 않겠다는 뜻으로 해석되었다.

"당신 명심하라고. 당신은 출가외인이야. 돈 버는 목적이 모호하잖아. 어째서 당신이 장모님을 위해서 돈을 벌어야 한다는 거야? 당신 제정신이야?"

적당한 장소가 얼른 구해지지 않자 남편은 그녀를 다그쳤다. 그는 한 치 건너 두 치였다. 그녀가 친정어머니의 노쇠와 방황에 대해 심려하는 것만큼, 그는 관심을 기울이지 않았다. 그는 아들 5형제의 막내였고, 그는 부모님 제사에도 어쩌다가 한 번씩 참석하는 정도였다. 남존여비의 유교적 가풍 속에서 자란 그로서는 그녀의 의도가 납득하기 어려운 점이 있을 것이었다.

그가 숙고 끝에 거금 〇〇〇만 원을 그녀에게 건네주었다. 차용증서에 다달이 0.2%의 이자를 낼 것을 명시했고, 상환 기한은 2년으로 정했다. 그는 아내가 운이 좋아 요식업으로 돈을 벌게 되면 더 좋고, 또한 전문적인 자신의 일이 없는 아내의 입장을 동정해서, 시험 삼아 생활전선으로 내보내본다는 심정인지도 몰랐다.

선대로부터 상당한 재산을 물려받은 그녀의 아버지는 삼대째 외동아들이었다. 자손이 귀한 가문이다보니 그는 조혼을 했고, 즐거이 아이를 생산했다. 어머니의 젊음은 오로지 아이 낳는 일에 깡그리 소모해버린 느낌이 없지 않았다. 그 여덟 명의 자식이 믿어지지 않을 만큼, 어머니는 늘 젊고 활기가 넘쳤다. 유복한 형편이니 집안에 일하는 사람을 따로 둘 수 있었고, 주위에서 어머니를 끔찍하게 아껴준 덕분이었다.

아이들이 무럭무럭 성장하는 것과 반비례해서 불행의 싹은 곳곳에서 삐어져 나오기 시작했다. 무골호인, 혹은 부처님 가운데 토막이란 말은 아버지의 예로 볼 때 일종의 악담이었다. 아버지는 가정 전체에 유익이라고는 끼쳐본 일이 없는 식객들을 자주 집안으로 끌어들였고, 끌어들이는 데서 그치지 않고 그들이 요구하는 엄청난 사업자금, 심지어는 생활자금 등을 담보도 없이 대주고 말썽을 빚는 일이 자주 일어났다.

그녀가 고등학교에 입학할 무렵에는 큰 집에 세를 놓아 등록금을 마련할 만큼 가세가 크게 기울어져 있었다. 형제들이 한 학년 올라갈 때마다 큰집은 숲속의 요정들이 사탕으로 만들어진 집을 야금야금 갉아먹듯 축소되었다.

그녀가 대학에 진학할 때는 세를 놓거나, 팔 집도 땅도 남지 않았다. 아버지는 물심양면으로 많은 사람들을 도와주었으나 고마운 인사를 받지 못했다. 자식들의 진로에 대한 것 역시 번번이 어머니의 의사에 따르는 나약한 가장으로 전락했다.

어머니의 번민과 갈등은 고조되었고, 처자식보다 술과 친구를 더 좋아했던 아버지는 일찍 세상을 떠나고 말았다.

S대학 부속병원은 그녀가 들어갈 때도 그랬지만 나올 때도 사람들이 줄줄이 밀려 내려왔다. 세상에는 아픈 사람들만 가득한 것처럼 착각할 정도였다.

찻길로 나오자 지나가는 택시를 세웠다. 그녀의 가슴은 무슨 기계처럼 콩닥콩닥 뛰고 있었다. 불현듯 21평 어머니의 아파트를 장만하기 위해 붓고 있는 적금이 어머니의 장례비가 되는 것은 아닐까 하는 흉한 생각이 들었다.

"의사 선생님이 네 어머니가 극심한 영양실조 증세를 보인다고 했단다. 섭생만 잘하면 좀 더 사실 수는 있는 모양이더라."

반포이모의 말은 옳았다. 어머니의 병이 다른 몹쓸 병명을 가진 것은 아니었다.

택시가 서강대학 앞에 이르렀다. 갑자기 눈이 시금시금하면서 눈물이 쏟아졌다. 재채기도 쉴새 없이 터져 나왔다. 서강대학 근처에 전경들 수십 명이 진을 치고 있고, 데모 진압을 위한 장갑차가 교문 좌우로 너댓 대씩 정차하고 있었다. 거리에는 코를 쳐들 수 없을 만큼 맵고 탁한 최루탄 냄새가 꽉 찼다. 그 냄새가 택시 안에도 스며들어 그녀는 연신 재채기를 했다.

1987년 6월, 전국의 대학생들은 수업도 전폐하고 민주화 운동 대열에 동참했다. 서울 시내의 모든 거리는 전쟁터를 연상시켰다. 택시가 방향을 돌이켜 신촌 로터리로 돌아나오자 신촌 오거리는 연세대 학생들의 돌팔매와 전경들의 최루탄 투척으로 더 살벌한 분위기였다.

"오늘 또 장사를 땡! 치겠구나!"

그녀는 주방장 장 씨의 체념의 말이 떠올랐다. 잦은 시위로 대학가 장사가 죽을 쑨다는 이야기를 그는 입버릇처럼 반복했다.

손수건으로 코를 막았지만 터져나오는 재채기를 막을 수는 없다. 서교동 홍익대학 앞에 이르니, 그곳 역시 가관이었다.

"미술대학은 있는 집 애들이 많이 다녀서 데모 같은 건 하지 않아요."

망설이는 그녀에게 서교동 홍익대학 앞에 가게를 계약하도록 강력하게 종용하던 부동산 아저씨의 말은 샛빨간 거짓말이었다. 미술대학 학생들이 스크럼을 짜고 '아침 이슬'을 목청껏 불렀다. 그들은 무서운 기세로 차도로 밀려갔다. 대오가 구불구불 흐트러지지 않은 대신 그들에게서 결연한 의지와 질서가 엿보였다.

긴 밤 지새우고 풀잎마다 맺힌

진주보다 더 고운 아침이슬처럼

내 맘에 설움이 알알이 맺힐 때

아침 동산에 올라 작은 미소를 배운다

태양은 묘지위에 붉게 타오르고

한낮의 지는 더위는 나의 시련일지라

나 이제 가노라 저 거친 광야에

서러움 모두 버리고 나 이제 가노라

이마에 붉은 글씨를 새긴 흰 띠를 두른 투사같이 생긴 여학
생이 맨 앞에 나서서 선창을 하면 뒤따르는 학생들이 일제히
따라서 불렀다.

'서러움 모두 버리고 나 이제 가노라'

서러움? 서러움이라고? 그녀는 더 참지 못하고 택시에서 내
렸다.

언젠가 시인이기도 한 홍익대학 Y 교수가 하던 말이 생각
났다. 데모에 참가하는 대부분의 학생들은, 집안 환경이 가난
하거나 현실에 불만이 많은 학생들이라고. 부잣집 애들이 입
학한다는 미술대학교는 소위 그런 학생들이 별로 없다고 했
다.

'거짓말쟁이! 거짓말 선수!'

수희는 누구에게든지 소리를 버럭 질러대고 싶었다.

긴 밤 지새우고 풀잎마다 맺힌
진주보다 더 고운 아침 이슬처럼

목이 쉰 데모대의 합창이 점점 시내 쪽으로 멀어져 가고 있었다. 최루탄 냄새는 여전했다. 높은 경쟁율을 뚫고 대학에 들어오긴 했지만 막상 대학생활이란 게 자신들의 기대에 못 미치고, 졸업해봤자 취직하기는 더욱 어려운 실정이어서 아예 자포자기한 학생들이 기를 쓰고 데모 대열에 나선다는 Y 교수의 해석은 믿을 것이 못 되었다. 당시 데모는 특정 학교, 특정 학생들의 전유물이 아니라 이 나라의 민주화를 위해서 모든 대학에서 대부분의 학생들이 수업을 제쳐놓고 매달리고 있는 거국적인 행사였다.

미술대학이라고 해서 다른 대학에서 하고 있는 데모를 강 건너 불구경하듯 수수방관하고만 있을 수 없는 입장이었다. 마치 데모대에 가담하지 않으면 한국의 대학생이 아닌 듯, 데모의 양상은 봄날에 산불 번지듯 전국적으로 확산 일로에 접어들고 있었다.

TV와 신문에서는 하루도 빠짐없이 최루탄과 화염병의 대결에 대하여 보도했다. 대한민국의 민주화가 그 과정에서 무수한 진통을 겪고 있는 것과 마찬가지로 수희 그녀의 사업도 똑같이 시련을 겪고 있다는 것을 현실로 받아들이지 않을 수 없었다.

수희는 카운터 의자에 풀썩 몸을 던졌다. 빈 항구에 닻을 내린 난파선같이 그녀의 내부가 와르르 무너져 내렸다. 먼 섬으로 유배당한 조선조의 충신처럼 마음이 산란하기 이를 데 없었다.

"이봐요! 미스 리! 김 아줌마가 왜 안 보이지?. 데모대에 나갔나?"

미스 리로 불린 앳된 여자가 바보처럼 두 눈만 깜박거렸다.

"어젯밤 나가서는 소식이 없는데요."

주방장 장 씨는 김 아줌마의 무단 외출이 자신의 잘못인 듯 변호했다.

"종업원을 다스리는 것은 주인이 아니라 주방장 장 씨 소관이라 하지 않았어요?"

"사모님께서 이해 좀 해주세요. 김 아줌마가 돌아오면 제가 따끔하게 나무라겠습니다. 앞으로는 다시 이런 일이 없도록 하겠습니다."

데모와 관계없이 손님들이 한꺼번에 들이닥쳤다. 네 개의 방과 홀 안의 테이블은 손님들로 가득가득 채워졌다. 그녀는 앞치마를 질끈 두르고 음식 쟁반을 날랐다. 네 개의 방과 홀을 오가며 손님들의 주문 받기에 여념이 없다. 허리가 뻐근하고 두 다리가 퉁퉁 부어오른다. 음식 쟁반을 쳐들고 테이블 사이를 누비느라 그녀는 고꾸라질 것 같았다.

전라도 어느 시골에 남편과 두 아이를 두고 가출했다는 김 아줌마는 처음 한두 달 동안은 착실하게 일을 잘했다. 노름질에 술이나 퍼마시는 남편이 싫어서 무작정 서울로 올라온 만큼 오래 눌러앉아 있겠다고 제 입으로 말했다.

그런 그녀가 요즘 들어 부쩍 밤 외출이 잦고, 일단 외출하면 돌아오지 않았다. 손님들이 붐비는 시간에도 먼 산을 바라보고 있거나, 메니큐어로 손톱을 다듬는 등, 못마땅한 일이 한두 가지가 아니었다. 더 이상한 일은 주방장 장 씨가 유독 김 아줌마를 싸고돈다는 인상을 지울 수가 없었다. 자기네 끼리는 모종의 합의가 이루어지지 않았나 의심이 갔다.

주방장 장 씨도 썩 신뢰할 만한 위인이 못 되었다. 입으로는 사모님, 사모님, 하면서 예의가 바른 척하지만 돌아서면 영 딴판이었다.

바닷물이 빠져나가듯 가게에서 손님들이 나가자 그녀는 약국으로 달려가서 박카스를 한 박스 사들고 왔다. 박카스 상자를 종업원들에게 돌렸다. 그녀 역시 박카스 한 병을 따서 단숨에 마셨다. 동동거리며 뛰어다니느라고 목이 탔다.

그녀는 금고 속의 지폐를 꺼냈다. 서랍에서 적금통장을 꺼내 들고 은행으로 내달렸다. 그런 일들이 이제 습관처럼 되었다.

"쓰러지지 않는 게 신기하더라. 거 참 뚱딴지같이 장사는 한다고 설치더니."

남편은 앓아누운 그녀를 힐난했다. 무엇때문에 고생을 사서 하느냐. 왜 나까지 고생시키느냐는 비수 같은 원망이 그 말 속에 함축돼 있었다. 장사도 장사 나름이지, 글이나 쓰고 공부하던 그녀에게 이 업종은 너무나 생경하고 고달팠다. 경험이 없는 사람일수록 사업 시작은 다른 일손을 쓰지 않아도 좋은, 스포츠용품 매장이야말로 가장 적합할 수 있었다. 고객에게 가격이 명시된 포장된 물건을 내어주고 돈만 받으면 되니까. 그러나 이미 돌이킬 수 없는, 엎질러진 물이었다.

그녀의 몸살은 쉬이 화복할 기미가 보이지 않았다. 병원에서 가져온 약을 먹고 그녀는 낮과 밤을 구별 못하고 깊은 잠에서 헤어나지 못했다. 그냥 며칠 쉬면 낫는 몸살 수준은 아니었다. 깊은 바다 용궁을 헤매고 다니는지, 천상의 별세계로 날아가는지, 그녀의 정신은 먼 곳으로 나들이 중이었다.

─돈이 없어서 못 갔다고?

─시간이 없어서 못 간 거라고? 거짓말 마! 이 위선자야! 비

겁한 인간아!

누군가가 격렬하게 책망을 했고, 그녀가 꺽,꺽, 울음을 토해 냈다.

"어머니, 나의 어머니!"

비몽사몽 간에 전화벨이 울리고 있었다. 그녀가 전화기 앞 으로 기어갔다. 상대방이 무어라고 말을 하고 있는 것 같은데 통 알아들을 수가 없다. 눈을 비벼 보았다. 그녀의 눈에서 무 수히 작은 동그라미가 나와서 비눗방울처럼 사방으로 흩어졌 다. 전신이 흐느적거렸다.

"애야! 수희야!"

다그쳐 부르는 소리를 듣고서야 그녀는 깊은 늪속에서 겨 우 헤쳐 나올 수 있었다.

"너희 어머니가 운명하셨다!"

반포이모의 목소리는 비통에 젖어 있었다. 그녀는 누웠던 자리에 도로 쓰러졌다.

쇠망치로 정수리를 세게 얻어맞은 것처럼 아득했다. 눈앞 이 어쩔하면서 작고 하얀 별꽃이 사방으로 튀었다.

"으흐흐흑!"

그녀의 어깨가 거세게 들먹거렸다. 방바닥을 손바닥으로 치면서 서럽게 울었다. 새로운 날이 희부옇게 밝아왔다.

12인승 자주색 봉고차가 경부고속도로를 달려간다. 6월의 진초록빛 산야가 차창을 통해 그림처럼 펼쳐지고 있었다. 그녀가 앓아 누운 동안 아카시꽃이 시들고, 오동나무의 보라꽃이 수더분하게 벙글고 있었다. 어느 곳을 돌아보아도 온통 생동감이 넘쳐났다.

몸을 추스르는대로 가게는 못 나가도 대전에 계신 어머니에게는 꼭 다녀와야지, 그녀는 다짐했다. 얼마 전 S대학 부속 병원에 잠깐 들른 것이 어머니와 영영 이별이 되었다.

어머니는 아들이건 딸이건 교육의 기회를 균등하게 제공하는데 적극적이었다. 남자보다도 여자가 더 많이 배워야 한다고 강조했다. 그 시대 정서로는 여자의 교육은 등한히 여겼다. 어머니는 그렇게 하지 않았다.

장성한 자식들은 끝까지 공부 줄을 이어준 어머니를 고마워하기보다 재산을 축낸 범인쯤으로 여기고 홀대했다. 홀로된 어머니를 돌보는 데는 한없이 인색했다. 어머니의 존재는 전설 동화에 나오는 할미꽃과 크게 다를 바가 없었다.

"무슨 재산을 물려준 게 있다고 큰아들 집에만 머물러 있어요?"

큰며느리는 야무지게 대들었다. 어머니는 말 한마디 못하고 딸네 집으로 수차례 쫓겨가지 않으면 안 되었다.

"어머닌 평생 실수를 하신 거라고요. 뭣 땜에 재산을 다 팔아 없애면서까지 자식새끼들을 뒷바라지 한거예요?"

맏딸은 맏딸대로 어머니의 재산 관리가 잘못되었노라고 나무랬다.

큰아들네서 큰딸네로, 큰딸네서 S대 병원으로, 병원에서 퇴원한 후로는 대전 사는 둘째 아들네로 전전했다. 어머니의 할미꽃 삶은 더 빠르게 생명을 단축시키는 결정적 요인이 되었다.

옛날 옛적에 딸만 샛을 둔 할머니가 살았다. 딸들이 장성하여 하나둘 출가해버리고 산골짝 오두막에는 할머니 혼자 남게 되었다. 나이 점점 들어 몸이 쇠약해진 할머니는 옷 보퉁이를 들고 큰딸에게 갔다던가. 다음에는 작은딸 네로, 이집 저집 옮겨 다녀야 했던 꽃 전설에 등장하는 할머니. 추운 겨울 함박눈이 펑펑 쏟아지던 날, 할머니는 옷 보퉁이를 가슴에 싸안고 막내딸네로 가던 중, 마지막 고개를 넘지 못하고 그만 눈구덩이에 넘어져 눈 속에 파묻히고 말았다는 슬픈 이야기.

얘! 아가야! 아가~

다음 해 봄, 할머니가 쓰러진 눈구덩이에서 검붉은 꽃이 피어났고, 그 꽃은 허리 굽은 할머니를 닮아 있었다고 했다. 이른바 할미꽃이었다. 그 할머니와 그 할미꽃.

"잇몸이 죄다 솟아서 당최 음식을 씹을 수가 없구나."

생시의 어머니의 목소리는 그녀에게 무거운 슬픔을 남겼다.

"애비 들어왔니?"

어머니는 사위의 안부를 물었다. 그 전화를 받자 그녀는 아득한 절망을 느꼈다. 병석의 어머니가 사위의 안부를 궁금해할 여유가 있다고는 믿어지지 않았다.

아가야! 아가.

어머니의 전화는 할미꽃 할머니가 고개 위에서 눈물로 외치던 부르짖음과 다를 바가 없었다. 이집 저집을 모면할 수 있도록 어머니에게 내 힘으로 아파트를 사 드리자. 어머니를 자식들로부터 독립시키자. 그녀의 결심은 어머니에게 전화가 올 때마다 더욱 굳어졌다. 어머니의 할미꽃 삶을 청산하는 길은 어머니 명의로 된 아파트를 소유하는 것뿐이라고 굳게 믿었다. 깊은 겨울 눈발이 흩날리는 산등성이에서 딸을 부르던 할머니와 어머니의 일상이 너무도 닮아 있었다.

어려움 속에서도 다달이 늘어가는 적금통장의 액수가 그녀에게 큰 위안이 되었다. 매달 남편의 월급만으로 생활하던 것에 비하면, 비록 경험 미숙으로 처음엔 고전을 겪었지만 상당한 소득이었다.

12인승 봉고차는 한낮이 훨씬 기울어서야 대전에 도착했다.

"이제들 오는구나."

먼저 와 있던 이모들과 당숙들이 차 소리를 듣고 모두 밖으로 나왔다. 그녀의 둘째 올케도 소복 차림으로 뛰어나와 차에서 내리는 형제들의 손을 잡아주었다.

향 내음이 집안에 진동하고 병풍을 두른 바로 옆에 어머니의 영정이 안치되어 있었다. 형제들은 한 사람씩 어머니의 영정에 나아가 향을 피워 올리고 절을 했다. 사진에서 어머니는 자애로운 미소를 짓고 있었다.

"아이고 불쌍한 어머니!"

큰올케의 통곡 소리가 먼 동네에까지 애절하게 이어지는 가운데 밤은 깊어갔다.

밤새 비가 내렸다. 빗소리를 들으며 수희는 오싹오싹 몸을 떨었다.

아침상식을 올리고 나자 하늘은 거짓말처럼 파랗게 개었다. 깊은 슬픔을 가슴에 묻고 자식들에게는 항상 밝은 얼굴을 보여주던 어머니의 마음처럼 파란 하늘에 흰 구름 무더기가 자랑처럼 덩실 떠 있었다.

"불쌍한 우리 언니! 집 팔고 땅 팔고 손톱이 다 닳아빠지도록 자식들 뒷바라지했거늘, 이 꼴이 뭐요. 이렇게 가면 어쩌누. 아이고, 아이고!"

반포이모가 영구차를 붙들고 장탄식을 늘어놓았다. 영구차 기사는 반포 이모를 억지로 차에 떠밀어 넣고 차를 출발시켰다.

초여름의 산은 칡넝쿨이 멋대로 우거져서 길이 잘 안 보였다. 잡초 속에 보랏빛 엉경퀴의 꽃대가 돋보이고, 산나리의 주황색 꽃도 눈에 띄었다. 대청호 주변의 경치는 슬프도록 아름다웠다.

　　찔레꽃 붉게 피는 남쪽나라 내 고향
　　언덕 위에 초가삼간 그립습니다
　　아주까리 입에 물고 못 잊을 모습
　　이별가를 불러 불러 못 잊을 사람아

생시의 어머니가 반포이모와 함께 대청호 언덕에서 취나물을 캐면서 부르던 노래가 수희의 기억 속에 되살아났다. 그것은 바로 어머니의 노래였다. 어머니는 바야흐로 찔레꽃 붉게 피는 남쪽 나라 고향으로 가고 계시는가. 이별가를 부르고 불러도 못잊을 사람은 수희에게 가엾은 어머니였다.

장례행렬은 어머니의 영정을 든 수일이를 선두로, 초록 터널을 뚫고 느리고 무거운 걸음으로 산으로 깊숙이 들어갔다.

무심한 산새들이 여기저기서 우짖고 대청호의 호면은 고요하고 푸르다.

"자아 너희들도 한 삽씩 흙을 떠 넣어라!"

큰당숙의 지시로 수희도 얼떨결에 취토 의식을 마쳤다. 어머니의 관 위로 붉은 흙 한 무더기가 우수수 떨어져 내렸다. 어머니는 흙 이불 한 채를 덮고 그렇게 이승을 하직하였다.

"더 살면 뭐하나. 잘 가셨지. 부디 내생에는 좋은 데 태어나시구려."

정년퇴임을 몇 년 앞두고 있는 막내 이모의 담담한 말소리가 바람 소리에 섞여 공중으로 분산되었다.

"본시 삶과 죽음은 별개가 아닌 게야. 죽음은 산 자들의 주변을 항시 떠돌고 있다고."

큰당숙의 얼굴엔 추연한 빛이 대청호의 물 깊이만큼 담뿍 드리워져 있었다.

"세상의 근심 걱정일랑 다 내려놓으시고 어머니 편히 쉬세요!"

꿇어 엎드린 수희의 손등 위로 굵은 눈물방울이 쉴 새 없이 떨어졌다.

새로 조성된 어머니 무덤에는 계약 기간이 만료된 한 개의 적금통장이 큰 나무의 잎사귀처럼 덩그마니 놓여 있었다. 그녀가 2년에 걸쳐서 눈물로 모은 효도비였다.

이별

미지美智가 채만영의 부음을 안 것은 조간신문의 부음란에서였다. 그녀가 신문을 끝까지 다 읽은 일이란 거의 없다. 꿈 때문이었다. 부음란까지 페이지를 넘긴 것은 그만큼 드문 일에 속했다. 흔히 꿈이 딱딱 잘 들어맞는 사람은 전생에 착한 업을 쌓았거나 영이 맑은 사람이라는 말을 들은 적이 있다.

미지는 기껏해야 사설이나 칼럼 읽기에 국한했고, 하루도 빠짐없이 읽었다고 큰소리칠 수 있는 것은 제일 뒷장의 시사만화가 고작이었다. 갑작스런 사고나 심장병으로 일찍 세상을 떠나는 친지들이 전혀 없는 것은 아니지만 채만영의 죽음은 미지에게 큰 충격이었다.

지난 밤 꿈속에서 그녀는 어두운 밤길을 갔다. 조명을 비추듯이 흐릿한 달빛이 미지와 미지 옆에 나란히 걷고 있는 검은 그림자를 계속 따라붙었다. 나무조차 없는 벌판 같은 곳이었고 다른 행인은 눈에 띄지 않았다.

검은 그림자는 미지의 일방적인 추리로 남자일 가능성이 짙었고, 그에 대해서 불안감이나 공포감 같은 건 조금도 느끼지 않았다. 그림자는 안도였고 오히려 신뢰감마저 주었다.

그냥 걸었다. 어둔 밤길, 그 길의 종점까지 걸어갈 작정이었던 같다. 그런데 검은 그림자가 사라진 것이다. 소리 없이 감쪽같이, 미지 곁에 바짝 따라붙어서 걷고 있던 남자 형상의 그림자가 보이지 않게 된 것이다.

종점은 어디서도 발견되지 않았다. 미지는 그림자와 그림자의 정체에 대해서 잠시 혼란스러웠다. 그녀는 걸음을 멈추었고, 그 순간 잠에서 깨어났다. 동쪽 창으로 아침 햇살이 눈부시게 쏟아져 들어왔다.

그녀가 신문을 펼친다.

제일 먼저 서울가정법원 가사 3부 부장판사의 특이한 이혼 판결이 눈을 끌었다. 상대방에게 간통 현장을 발각당하지 않고서도 정신적인 피해를 장기간 입혔을 경우에 어떤 판결이 내려지는가에 관한 내용이었다. 결혼생활을 지속시킬 수 없는 중대한 사유로써 동거의 의무를 저버린 배우자에게 이혼과 함께 위자료 지불 판결을 내린 기사였다.

얼마 전에도 삼십 대 초반의 주부가 동침을 거절하는 남편에게 이혼 청구 소송을 냈다가 승소 판결을 받은 예를 본 일이 있었다. 이런 경우는 근래 자주 목격되었다. 사회면에서 이혼에 관한 기사를 읽은 다음 그녀는 문득 간밤의 꿈을 떠올리고 부음란을 훑어본 것이다.

채만영(일성건설 전무) 별세. 18일 오전 11시 S대학 병원.
발인 20일 오전 8시. 전화 0000-5176

미지의 시선이 부음란에 한참이나 고정되었다. 전신이 얼어붙는 것 같았다. 심장의 박동이 정지되는 것 같고, 가슴이 터져 나가는 것 같았다.

두 달 전이었다. 미지는 사무실에서 채만영의 전화를 받았다. 그 후로도 그는 미지의 고교 동창 정해靜海를 시켜서 한번 만나 달라는 연락을 해온 일이 있었다. 그의 목소리를 들으면서 그녀는 생의 저쪽에 있는 보이지 않는 사차원 세계를 연상했다. 그의 목소리는 이미 이승의 것이라고는 믿어지지 않을 만큼 현실을 뛰어넘고 있었다.

고3 때 미지는 그의 육촌 동생인 정해와 같은 반이었고 국어 과목을 가르치는 채만영의 삼촌이 그들의 담임이었다. 여고 동창회에 가면 그녀는 정해를 통해서 그의 소식을 종종 전해 들었지만 새삼스럽게 만나고 싶다는 생각은 들지 않았다.

그럴 이유도 못 느꼈다.

"딱 한 번이야."

채만영 그는 미지에게 해주고 싶은 말이 있다고 했다. 어쩌면 그는 옛날처럼 '피상적이고 지엽적인 일에 집착하는 미지의 모습이 슬프다'고 말하려는 것이었을까. 정말 중요한 것은 진학이나 시험공부가 아니라 좋은 사람과 만나 사귀는 일이라며, 그것도 특별히 동생처럼 여기니까 해주는 말이라면서.

그는 미지의 학교로 줄기차게 편지를 보냈다. 언제나 만리장성이었다. 그 만리장성을 써 보내느라고 그는 장학금을 두 학기나 놓쳤다고 했다. 그녀가 만리장성에 답장을 보낸 건 단한 번에 불과했다. 그를 이성으로서 색다르게 본 적이 없었다. 지금이라고 미지는 별로 달라진 게 없다.

"요즘 많이 바빠서요."

그의 전화를 받을 즈음, 미지는 지독한 우울증을 앓는 중이었다. 어떻게 시간을 보냈는지, 무슨 일을 했는지 자주 혼란스러웠다. 하루가 번개같이 짧거나 천 년처럼 긴 것 중 하나였다. 병원에서 가져온 약을 먹고 자리에 누우면 그다음은 아무것도 기억하지 못하는 중증 환자였다. 그녀는 그래서 더욱 조바심을 냈다. 신문을 두 손바닥으로 두들기며 안타까워했다. 전신이 휘청거렸다. 뒤통수가 휭! 했다.

그녀는 신문을 덮어둔 채 가정법원으로 갔다. 예약시간이

촉박해져 있었다. 2호선 교대역에서 내린 그녀는 출구를 확인하지 않고 거리로 나왔다. 한참을 헤맸다. 차를 타고 지나가다가 늘 보아둔 거리였지만 어디로 가야 할지 얼른 판단을 내리지 못했다.

"저어, 가정법원을 가자면 어디로 가야 합니까?"

미지는 마음이 급한 나머지 지나가는 한 남자에게 길을 물었다.

"곧장 올라가세요."

이마로 등허리로 척척하게 진땀이 흘러내렸다. 미지는 남자가 일러준 대로 계속 올라갔다. 가정법원 정문에 다다르고 있었다. 보도블록이 넓게 깔린 양옆으로 파란 잔디밭이 펼쳐지고, 심은 지 몇 년 되지 않은 나무들이 뾰족뾰족 새 잎새를 내밀고 있었다.

4층까지 계단을 오르는데 그녀는 숨이 찼다. 자주 발걸음을 멈추곤 했다. 마음 하나가 허물어지니 그녀의 몸은 천근 무게로 밑바닥 저 아래로 축 처져버렸다.

조사관실은 복도가 운동장처럼 넓어 보이는 곳에 한가로이 자리 잡고 있었다. 나무토막같이 무뚝뚝한 인상의 조사관이 나타났다. 그녀는 조사관에게 목례를 올린 다음 의자에 앉아 단전에 두 손을 모았다. 허리가 막무가내로 아파왔다.

"이미지 씨죠?"

여직원이 다가와 출석부같이 생긴 장부를 쳐들고 본인 임을 확인했다.

출입문이 벌컥 열렸다. 하수도였다. 왼손에 서류 가방을 들고 세탁소에서 금방 다림질한 듯한 양복차림이었으나 그도 어딘가 초췌하고 뒤틀그러진 표정을 짓고 있었다. 그는 그녀를 보자 시선을 돌렸다. 마치 못 볼 것을 본 듯이 재빠르게.

"두 분, 이 앞에 나란히 앉으세요!"

조사관이 말했다. 그녀가 왼쪽에, 하수도는 오른쪽 의자에 앉았다.

"이혼을 어제부터 생각하셨나요?"

"저야 뭐 이혼을 꼭 해야 한다고는 생각지 않습니다."

하수도의 말소리는 여유만만했다. 조사관실의 넓은 공간을 질식시킬 것만 같았다.

"제 경우는 평생 이혼만을 생각하고 살아왔어요. 이제 애들이 클 만큼 컸고 응원도 하고 있으니 지금이 적기라고 봅니다."

남 앞에서 자신의 의사를 발표하는데 매번 미숙했던 지난날과는 대조적이었다. 야무지고 명확했다. 그런 말이라도 털어놓고 나니 미지는 마음이 후련했다.

"적기? 이혼하는 데 적기가 있습니까?"

거친 대패질로 투박하게 깎은 나무토막처럼, 표정 같은 건

좀체 깃들이지 않을 듯이 보이는 조사관의 굳은 얼굴이 호기심 반 야유 반으로 변해갔다.

하수도가 그녀에게 그만둘 수 없어? 하고 사인을 보냈다.

"이혼하는 게 제 인생의 마지막 남은 유일한 희망입니다."

말 못하고 죽은 귀신보다 할 말은 다 하고 죽은 귀신이 나을 거라는 신념에서 한 말은 아니었다. 그녀는 진즉부터 건드리면 폭발하는 거대한 탄약고였다.

"희망? 희망이라고요?"

조사관이 반문했다.

"그렇다면 사유가 뭡니까?"

조사관은 이제 하수도 쪽은 쳐다보지도 않았다. 그녀에게만 질문했다.

"이혼 사유로서 이를테면 배우자의 외도라든가 구타, 고부간의 갈등, 구체적인 사례가 있습니까?"

조사관의 말소리는 느닷없이 활기를 띠었다. 다른 많은 이혼 청구자에게 질문했던 내용을 성실하게 반복했다. 하수도의 아니꼬운 시선이 그녀 이마 위에 따갑게 감촉되었다.

"저, 조사관님! 잠깐만! 오분 정도면 되겠습니다. 시간 좀 주십시오."

조사관이 미처 대답할 겨를도 없이 하수도가 그녀의 팔꿈치를 꼬집었다

"나하고 밖에 나가서 잠시 얘기할 수 없겠어?"

하수도는 초조하고 속이 탄다는 투였다.

"자아, 내 말을 들어!"

명령이었다.

조사관의 시선이 그녀에게서 하수도로, 잠시 왔다갔다 한다.

"여기까지 와서 별도로 할 말도 들을 말도 없어요. 난 안 나가요!"

그녀는 완강하게 버티었다.

"사실은 이 사람, 원고가 큰 수술을 앞두고 있어서 가능하면 수술이라도 하고 난 다음에 이혼소송을 진행시킬 수도 있지 않나 해서 그러는 건데…"

하수도의 말은 길게 늘어진 감이 없지 않았다.

"그런 얘기는 이미 시기가 지났네요. 수술을 해도 이 일은 일단 끝내고 나서 하겠어요. 조사관님 계속하세요."

그녀는 조사관이 쥐고 있는 볼펜을 노려보았다.

"질문을 계속하겠습니다. 원고 답해 보세요. 단적으로 말해서 이혼의 사유가 무엇입니까?"

조사관의 태도가 갑자기 진지해지면서 독촉하듯 말했다.

"한마디로 단정해서 말하기 곤란합니다만, 이혼의 가장 큰 사유라면 무엇보다도 인간미를 들 수 있겠습니다. 30여 년에 걸쳐서 두 눈을 똑바로 뜨고 보아도 저는 인간미를 발견하지 못했습니다.”

“어, 인간미? 인간미라?”

조사관이 인간미? 하고 되뇌며 메모하는 동안 하수도는 안절부절못하는 눈치다.

“피고에게 묻겠는데 그럼 피고는 외도를 한 경험이 있습니까?”

원고는 인간미를 역설하고 있는데 조사관은 돌연 질문의 화살을 피고인 하수도에게 돌렸다.

“네. 남자라면 누구나 외도를 하는 거 아닙니까? 전혀 안 했다고 볼 수 없지요.”

하수도의 실토였다. 남자의 외도가 너무도 지당하다는 듯이.

‘니 눈 갖고 봤냐? 봤으면 고소해라!’

적반하장으로 서슬이 퍼래서 들이대던 때와는 다른 분위기였다. 상대해주는 여자가 있으니까 남자가 바람도 피운다고 그의 논리는 늘 궤변에 가깝거나 자신의 주장만 옳았던 데에 비하면 상당한 진전이었다.

자식 문제, 학비와 생활비에 관한 것, 재산 분할에 관해서 몇 가지 질문에 답하자 조사관으로서 조사할 것은 거의 다 한 것 같았다.

얽힌 매듭을 푸는 게 아니라 가위로 싹둑 잘라버리는 것이라 해도 어쨌든 그것은 분리였고, 하나가 두 개의 점으로 엄격하게 나누어지는 작업이었다.

하수도와 이미지는 조사관실을 나왔다. 한여름인데도 하늘은 투명하고 푸르렀다. 바람결도 조금 전 가정법원 가는 길을 몰라 낯선 남자 뒤를 따라 허둥대며 걸을 때보다 한결 시원하게 느껴졌다.

"어디로 갈 거니?"

하수도가 물었다.

"병원에."

"나는 갈 데가 있어서."

그녀는 하수도의 승용차를 평소에도 별로 타 본 일이 없다. 그의 말 또한 꼬리를 빼는 감을 면치 못했다. 하수도가 차 세워둔 곳으로 걸어갔다.

그녀는 허리에 손을 얹고 하늘을 올려다보고 가슴을 한 번 펴는 시늉을 한 다음 교대역으로 걸어갔다. 지하철에 올라 빈자리에 앉자 그녀는 끄덕끄덕 졸기 시작했다. 긴장이 풀린 탓이리라.

집 현관에 들어서니 전화 소리가 집안을 벌컥 뒤집고 있었다. 간신히 달려가 수화기를 들었다.

"소식 들었니?"

정해였다.

그녀는 얼른 대답하지 못하고 우물우물했다.

"우리 오라버니가 널 얼마나 보고 싶어 했다고. 기집애 너
왜 그리 독하니?"

"그래 나 독해. 내가 독한 년이야."

그녀는 정해가 옆에 있다면 스커트 자락이라도 부여잡고
엉엉 목을 놓아 울고 싶은 심정이었다. 채만영의 죽음은 미지
의 설움을 부추겼다. 마치 그가 미지의 친 오라버니이기라도
하듯이.

"하필이면 이럴 때 돌아가시니? 왜 하필 오늘이냐고?"

수화기를 타고 그녀의 설움이 꾸역꾸역 삐어져 나왔다.

"미지야. 내가 잘못했어. 오해하지마. 오빠는 명이 그것밖
에 안 됐던 거야."

"더 말하지 마. 나 지금 편한 마음 아니야."

"여기 S대 병원 영안실인데, 너 올 거지?"

그녀는 소파에 앉지도 못하고 멀뚱하게 서 있다. 어떤 결론
도 당장엔 내릴 수가 없다. 바닥에 털썩 주저앉았다. 척추의
가장 중요한 한 마디가 시금시금 저려오기 시작했다. 그 증상
은 곧 무릎으로 발등으로 급속도로 파급되었다. 예리한 칼로
탁, 찌르듯이 혹은 전기에 감전된 듯, 몸을 움직일 수 없는 최
악의 상태였다.

가까스로 안방으로 기다시피 들어가 자리에 누웠다. 지난 몇 달 사이의 일들이 척추의 견딜 수 없는 통증처럼 그녀의 뇌리에 뒤엉켜 있었다.

비오는 밤이었다. 혹독한 꽃샘추위를 견디고 고생 끝에 피어난 꽃들이 피어나자마자 강한 비바람에 무참히 낙화하는 밤이었다.

책장에서 시집 한 권을 꺼내 들었다. 무엇이라도 손에 붙들고 앉아 있지 않으면 그녀의 형체가 그 자리에 스르르 녹아 없어지고 말 것 같은 절박함 때문이었다. 누구에게 자신의 심경을 털어놓는다해도 어디서부터 무슨 말을 먼저 해야 할지 난감했다. 다만 분명히 알 수 있는 것은 그 시각에 주변에서 어떤 언짢은 일이 벌어지고 있을 거란 예감이 있었다.

그녀를 슬프게 하는, 물에 젖은 솜처럼 지치게 하는, 어떤 불길한 직감을 떨쳐버릴 수가 없었다. 이를테면 공습경보 사이렌 직후에 폭발음이 들려온다거나, 콩 볶듯 건물을 향해 쏟아지는 총소리 같은 것도 유추해볼 수가 있을 만큼, 모든 감각과 내장기관들이 지글지글 졸아붙는 형국이었다.

빗소리는 그녀의 심란함에 한결 박차를 가하고 있었다. 쉽게 그칠 기미가 안 보였다. 열 평 안팎의 사무실을 서성거렸다. 시집이나 붙들고 앉아 있기에는 사뭇 불안하여 앞으로 왔다 뒤로 갔다, 몇 차례나 반복한다. 미친 사람이 따로 없었다.

출입문 옆의 긴 거울 앞으로 다가가서 자신의 눈빛을 응시했다. 얼굴을 거울에 대고 문지르는 시늉을 했다. 자신도 모르게 더운 눈물이 주르르 흘러내렸다.

시집을 본래 있던 자리에 가져다 두었다. 활자를 짚어나갈 수 없도록 쉴 새 없이 눈물이 흘렀다. 무언가 꼭 집어 설명할 수는 없지만 장마철의 먹구름 같은 불운의 조짐이 한꺼번에 몰려오고 있다는 징표였다. 그녀가 흠칫 몸을 떤다. 입술을 지그시 깨물고 거울 속의 우는 여자를 바라본다.

그때였다.

전화벨이 연속 울렸다. 밤 아홉 시였다. 옆 사무실은 벌써 퇴근한 후여서 주변은 적막했다. 그녀는 더 참지 못하고 수화기를 들었다.

"이미지 선생님이시죠?"

젊은 남자 음성이었다.

그녀는 미처 응대를 하지 못한다. 젊은 남자가 혼자 지껄이기 시작했다.

"저는 이미지 선생님이 소설가라는 사실을 알고 있습니다. 그리고 선생님 댁의 전화번호도 다 알고 있는 사람입니다."

술 취한 목소리가 아니었다. 그렇다고 조롱하거나 따지는 투도 아닌 채로, 젊은 남자는 또박또박 긴 사설을 늘어놓았다.

비오는 저녁에 걸려온 전화에 그녀는 별반 관심을 갖지 않았다. 장난 전화일 수도 있고, 독자라고 하면서 막무가내로 만나 달라는 무리한 요구를 해오는 경우도 더러 있었으므로.

"저는 선생님 집 동네도 알고 있습니다. 따님이 다니는 학교도 그리고 따님이 누군지도 안단 말입니다."

"그래서요?"

그녀는 신경이 날카로워지는 걸 누르며 남자의 다음 말을 채근했다.

"저는 몇 번씩이나 다짐을 받아냈어요. 내 마누라와 관계를 끊지 않으면 당신 부인과 딸에게 보복을 하겠다고요."

술에 취하거나 빈정대는 어투가 아니다. 본론을 말한 것이다. 차분하면서도 살기가 번득였다. 그 목소리엔 비집고 들어가서 궁금한 사항을 물어볼 틈도 허용하지 않겠다는 강한 혈기가 엿보였다.

"저는 새벽 네 시에 일을 나갔다가 낮 네 시에 집에 들어가는 영업용 택시기사입니다. 저에 대해서 알아보셔도 좋습니다. 우리 집 전화번호도 가르쳐 드리겠습니다."

그녀는 예상치 못한 상황에 말려 들어갔다. 수화기를 내려놓을 처지도, 남자가 지껄이는 대로 듣고 있을 수도 없다. 자존심이 엉망으로 구겨 있어, 고함이라도 질러대고 싶지만 그것도 뜻대로 되지 않았다.

남자는 외운 듯이 자신의 성명과 나이, 집 주소와 전화번호를 말했다. 이어서 자신의 부인 이야기를 계속했다. 그다음부터는 더 들어볼 것도 없이 『선데이 서울』에나 나옴직한, 막장 드라마의 후속편쯤 될 것 같았다.

"사모님도 물론 예쁘시지만요."

남자는 그녀의 호칭을 사모님으로 바꾸었다. 시험 치르는 아이처럼 정확하게, 부정한 아내를 신고했다. 남자의 숙달된 듯한 태도에 경의를 표하고 싶을 정도였다.

"저는 아내를 버릴 수가 없어요. 가정을 깨고 싶지 않거든요. 그래서 사모님께 도와주십사하고 부탁을 드리는 것입니다."

남자가 스스로 결론을 내리고 있었다. 니들끼리 해결해라. 침묵은 그녀의 답변을 대신했다.

"전화 끊어요! 나는 관심 없으니까."

그녀는 남자의 침착한 사설에 질려버린 것이다.

하수도가 동지섣달 이른 새벽에 매일 집을 나갔다면 회사로 바로 출근했다고 믿을 이가 있을 것인가. 여름철과는 달리 한겨울엔 아침 일곱 시에도 밖은 깜깜했다. 하수도는 새벽에 눈 떠서 출근을 위한 모든 순서를 생략, 넥타이도 매는 둥 마는 둥 집을 나간 것이 삼 년이 넘었다. 더구나 집에서 밥숟갈을 들어 본 것은 삼 년에서 더 긴 세월이 흘러간 아득한 과거에 속한다. 하수도의 일상에는 가정도 아내도, 자식도 없다. 숱한 세월이 그렇게 이어져 왔다.

그녀는 수화기를 내려놓았다. 부르르 손이 떨렸다. 아니, 눈이 떨리고 혀가 떨렸다. 남자에게는 위엄을 잃지 않고 당당하게 말한다고 했으나 그녀의 내면은 강한 태풍에 갈피를 못 잡고 쓰러지는 어린나무였다.

천지 사방이 허허로웠다. 어질어질해서 폭 고꾸라질 것 같았다. 보이는 것도 들리는 것도 없다. 조금 전에 혼자서 흘린 그녀의 눈물은 비극의 예고편이었다.

지난 가을이었다.

"당신 글쓰기 힘든데 미국에 한번 다녀오지 그래."

하수도가 미국 여행을 종용했다. 여권이며 비자를 준비해 놓고 여행 경비도 넉넉하게 주었다. 그녀는 거의 떠밀리다시피 미국에 다녀온 기억을 잊지 않고 있다.

그녀는 완전 타의, 강제로 미국을 다녀온 것이다. 그때가 바로 그들 남녀의 전성기였으리라고 단정할 수 있을 것 같았다.

"후우!"

그녀가 큰 한숨을 내뿜으며 의자 깊숙이 몸을 기댔다. 허리 통증이 두 팔로, 어깨로 목으로 거슬러 올라갔다. 몸을 옴짝할 수 없도록 죄어왔다. 수술 예약일까지 버틸 수 있을지가 의문이었다.

따르릉~

다시 또 전화벨이 울렸다. 그녀는 집으로 갈 채비를 서둘렀다. 재스민 큰 화분 뒤에서 우산을 꺼냈다. 슬리퍼를 벗고 구두를 신었다. 사무실 문에 자물쇠를 채웠다. 그녀 앞에 웬 사람이 뛰어들었다.

"왜 전화를 안 받아?"

하수도였다. 전화를 받지 않아 달려왔다고 했다.

"우산을 나를 주지. 당신이 내 앞으로 들어서라우."

하수도는 눈치를 살피듯이 그녀를 앞에 서게 하고 비오는 밤거리를 걸어갔다.

"어디 가서 밥이나 먹자고. 할 얘기도 있고."

하수도의 목소리는 은근하기까지 하다.

"당신 시장하지? 오늘 원고는 몇 매나 썼어?"

그는 틀림없이 자상한 남편, 아내의 노고에 눈시울을 적시는 세상에서 가장 다정한 지아비였다.

"됐어요. 혼자 갈 테니깐 볼일 더 보고 오세요."

그녀는 하수도 손으로 옮겨간 우산을 휙! 소리가 나게 자신의 손으로 옮겨 쥐었다. 비 오는 밤에 인사동 네거리와 종로는 활기가 넘쳤다. 전통찻집과 단란주점, 카페, 호프집 간판들이 뿜어내는 원색의 불빛이 현란해서 눈 둘 바 모를 지경이었다.

"이봐! 밥을 먹고 들어가자고. 지금 벌써 열 시야."

그녀는 버스정류장으로 날듯이 걸어갔다.

"이봐! 내가 할 얘기가 있어서 그래. 어디 가서 차라도 좀 마시고 가자고."

비오는 종로 거리에서 중년 남녀가 사랑싸움이라도 하는 것으로 오인할 수도 있었다. 그의 말은 절실하면서도 강압적이었고, 사정하듯 말했으나 새겨들으면 그건 명령이나 진배없었다.

마침 134번 버스가 그들 앞에 정차했다. 버스는 만원이었다.

"다음 차 타. 아니 내 차로 함께 들어가면 되는데 웬 고집이야? 이야기 좀 하자는데 뭘 그리 비싸게 구나?"

그가 그녀를 가로막고 시비를 걸었다.

"나는 당신하고 할 얘기가 없어요. 흥! 물불을 못 가린 게 삼 년도 더 되었다며?"

그녀가 비 젖은 보도를 바라보며 빈정거렸다. 행인들이 저마다 우산을 펴들고 있어서 우산과 우산끼리 서로 부딪치고 밀리고 있었다.

"잠깐이면 돼. 여기로 올라가자고."

하수도는 '난다랑'의 간판을 가리키며 저 혼자 층계를 밟았다. 그 순간 택시에서 내리는 사람이 있었다. 그녀가 쏜살같이 택시로 달려갔다.

택시는 YMCA 앞을 출발하여 곧장 광화문으로 달려갔다. 보도는 차량들의 불빛으로 색종이를 뿌려놓은 듯 반짝거렸다,

그녀의 가슴 속에서 이혼의 결심이 굳어진 것은 바로 그 시기에 해당했다. 앞마당의 목련꽃이 밤새 쏟아진 비바람에 그 어여쁜 꽃잎을 한 잎 남김없이 떨구고 몸을 움츠리던 바로 그 밤이었다.

자식 낳고 긴 세월을 살아오면서 이혼의 고비를 누구나 한 번쯤은 겪는다고 했다. 그녀의 마음은 늦은 봄 밤새워 내리는 빗소리에 단단히 얼어붙고 말았다. 결심은 찰나였고, 그 찰나는 요지부동이었다. 결심은 그만큼 어렵고 힘든 정신세계의 산물이었다. 오랜 세월을 두고 무르익은 여건을 실행에 옮기는 첫 단계였다.

그녀는 정신을 추스리며 검정색 니트 투피스로 갈아입었다.

정해의 전화를 받지 않았더라도 저녁 시간에 가까운 친구 한 사람을 동반하고 채만영의 영안실에 다녀올 셈이었다.

그토록 만나고 싶어 하고, 마지막으로 해줄 말이 있다면서 간청했지만 그녀는 옛날이나 지금이나 그에게 냉담하게 군 자신이 더할 수 없이 혐오스러웠다. 진실을 지척에 두고 눈 감은

격이었다. 사죄하고 싶었다. 그리고 보고 싶었다. 비록 멀고 먼 저승길로 영영 가버린 사람이라해도 그의 죽음을 직접 가서 확인하고 싶었다.

그녀는 그림 그리는 친구 윤애에게 도움을 청했다. 다행히 그 친구는 그림 붓을 세워두고 허둥지둥 S대 병원으로 와주었다.

영안실로 내려가는 야트막한 언덕에는 쥐똥나무 행렬이 빽빽하게 늘어서 있었다. 쥐똥나무의 오종종한 모양새보다도 더 오종종한 얼굴로, 그녀는 화가인 친구를 의지하여 침통하게 걸어갔다. 친구를 앞세우고 느릿느릿 뒤처져 걸어가는 미지에게 쥐똥나무의 꽃내음은 무슨 구원처럼 반가움이 앞섰다. 돌이켜보면 그것은 진한 그리움이었다. 초여름의 상쾌한 밤바람에 실려 쥐똥나무의 꽃내음은 슬픈 옛이야기인양 그녀의 시린 영혼 가운데로 비집고 들어왔다. 마치 친오라비처럼 미지에게 접근해오던 생시의 채만영처럼.

주위는 어둑한 밤 그늘이 드리워져 사람들의 형체는 보이지 않았다. 분주한 발걸음 소리가 으스스한 무서움을 자아냈다. 사람들의 발자국마다 삶의 애환이 판화처럼 또렷하게 찍히는 것 같았다.

근래에 새로 지은 것으로 보이는 외래 병동의 낯선 건물과, 그 거대한 건물 주위에 우뚝우뚝 서 있는 오래 묵은 나무의 칙

칙한 그늘조차도 두려움이었다. 그녀의 마음은 극도로 한기를 탔고, 스치는 바람결에도 오싹! 몸을 떨었다.

영안실 입구였다. 하얀 국화 행렬 뒤로 진한 향내가 번져왔다. 각계각층에서 보낸 화환이 그들의 소속과 직함을 과시하듯 촘촘히 늘어서 있어서 사람이 지나갈 틈을 좁혀놓고 있었다. 근조화환의 꽃들도 죽은 자와 산 자의, 서로 유형이 다른 슬픔을 짐작하는 듯, 진한 향냄새를 묵묵히 견디는 중이었다.

윤애를 밖에서 기다리게 한 다음 그녀는 즐비한 화환 사이를 조심히 걸어 앞으로 나아갔다.

'故 채만영 영가'

검정색의 굵은 화살표를 살펴보며 영안실 안으로 들어갔다. 문은 열려 있었다. 열린 문으로 짙은 향냄새가 솔솔 뿜어져 나왔다. 그녀가 들어서자 검은 양복에 검은 타이를 맨 앳된 청년이 새로운 문상객을 향해 머리를 숙였다. 흡사 채만영의 이십 대를 복사해놓은 것 같은 모습을 대하자 미지는 어리둥절했다. 그녀의 귀에 문득 독경 소리가 들려왔다.

세존이시여 법륜(法輪)을 굴리시어
감로(甘露)의 법북 치시며
고통받는 중생 건지시고
열반(涅槃)의 길 보여주소서

바라옵건대 저희를 어여삐 여기사
오랜 세월에 닦아 익혀야 할 미묘한 법을 연설하소서

이른 바 이것은 괴로움이요 이것은 괴로움의 시작이요. 이 것은 괴로움의 사라짐이요, 이것은 괴로움이 사라지는 길이니 라.

또 십이인연법을 널리 말하였으니
무명연하고, 행연식하고 無明緣行 行緣識
식연명색하고, 명색연 육입하며 識緣名色 名色緣 六入
육입연촉하며, 촉연수하며 六入緣觸 觸緣受
수연애하고, 애연취하며 受緣愛 愛緣取
취연유하고, 유연생하며 取緣有 有緣生
생연노사우비고뇌하나니라 生緣老死憂悲苦惱

낮은 데로 뱅이다가 솟구치는 듯, 애끊는 듯, 호소하는 듯, 힐책하는 듯, 격려하는 듯, 그렇다고 격함도 없고 과함도 없는 법화경의 화성유품化城喩品 독경이 목탁 소리에 맞춰 이어지 고 있었다.

중년 남자 몇 명이 무거운 안색으로 서 있다가 그녀의 출현 에 주목했다. 그들의 시선이 그녀에게 모아진다. 그녀는 서 있 는 그 지점에 폭삭 가라앉을 것만 같다. 정신이 아득하다. 앞으로든 뒤로든 한 발자국도 내디딜 수가 없다.

검은 띠를 두른 채만영의 영정이 그녀를 향해 인자하게 미소 짓고 있었다. 세상에 남아 생을 유지하고 있는, 그녀를 포함한 모든 고단한 이들을 바라보며 채만영은 인자한 미소로서 결별의 인사를 대신하고 있는 듯했다.

"방명록에 서명을….."

작은 탁자에서 접수를 보는 한 사내가 꼼짝 않고 서 있는 그녀에게 다가왔다. 방명록을 가리켰다. 그녀가 방명록에 사인했다.

"미지! 너 왔구나!"

정해가 큰 목소리로 어디선가 뛰어나왔다.

"올 줄 알았어!"

그들의 말은 이쯤에서 끊어졌다.

임시로 설치한 야전 천막 같은 휘장을 들치며 삼삼오오 문상객들이 들이닥쳤다. 살아있는 사람들은 영안실에서도 소란스럽고 왁자지껄하다. 어디까지나 죽은 자는 죽은 자고, 산 자는 산 자였다.

그녀는 정해가 쥐어 준 하얀 국화 한 송이를 들고 채만영의 인자한 미소 앞으로 나아갔다. 영정 속의 인물은 죽은 사람으로는 생각되지 않았다. 그는 여전히 웃고 있었다.

더운 눈물이 볼을 타고 흘러내렸다. 죽은 자를 위한 슬픔이

기에 앞서 그녀 자신의 설움이 북받쳤다. 하얀 국화를 받쳐 든
그녀의 두 손이 가볍게 떨렸다. 그녀는 합장한 채 잠시 묵상했
다. 합장은 그녀의 함축된 기도였다.

얼굴을 아는 문상객끼리 서로 안부를 묻거나 오랜만에 만
나 반가운 인사를 나누는 소리가 벌떼처럼 웅웅, 울려왔다.

"안녕히 가세요! 저를 행여 미워하시지는 말구요."

그녀의 가슴에서 수많은 사연이 탄생하고 있었다. 많은 밤
을 지새워도 그녀의 사연은 다 쏟아낼 수 없을 터였다. 눈물이
자꾸 흘러서 합장한 손을 풀어 얼굴을 감쌌다. 그리고 밖으로
나갔다. 상주인 채만영의 아들이 영안실을 뛰쳐나가는 그녀를
멍한 채 바라보았다.

"미지야! 바쁘지 않으면 음료수라도 마시고 앉았다 가."

정해가 황급히 따라 나와 그녀를 이끌었다. 그들은 사각의
큰 방으로 들어갔다. 키 작은 탁자들이 열, 스물, 수도 없이 놓
여 있는 방이었다. 떡과 과일 접시를 나르는 사람들 몇 명이
쉴 새 없이 움직였다. 문상객들은 무엇이나 잘 먹고 잘 마셨
다.

"세상 시끄러운데 더 살아본들 뭐 하겠나."

죽은 자를 부러워하는 듯한 자조 섞인 말들이 흘러나왔다.
그녀가 앉아 있는 곳에서 정면으로 바라다보이는 자리였다.

"우리 오라버니 병원에 두 달 입원해 계시는 동안, 미지 너

를 얼마나 보고 싶어 하셨다고. 나를 만나면 줄곧 네 이야기뿐이었어.”

정해는 콜라 한 잔을 따라 그녀 앞에 놓아주었다.

“너의 올케는 왜 안 보이니?”

벌겋게 충혈된 눈에 손수건을 대고 꼭꼭 누르던 그녀가 채만영의 부인을 물었다. 정해의 말허리를 뚝 자르는 투였다.

“응. 어지럽다며 집에 들어가셨어.”

정해가 대답했다.

방 한쪽에서 두런두런 얘기 소리가 들렸다.

“허 참! 죽고 싶다, 죽고 싶다 노래하더니 끝내 가고 마누만.”

“그러게 말이 무섭다고 하지 않나.”

“그 친구 결혼 초부터 죽는 타령을 했다는 거야.”

수다는 여자들만의 전유물은 아니었다. 막걸리를 두어 사발 들이켜고 난, 옆자리의 남자들 역시 입담이 걸어지기 마련이었다.

“음식은 먹기 싫으면 버리면 그만이지만 사람 싫은 건 이거 어찌할 도리가 없는 거라구.”

“아니, 그건 또 무슨 소리야? 누가 누구를 싫어하는데?”

“이 사람 왜 이리 소식이 깜깜한가. 만영이 그 친구 좋아하던 여자는 따로 있었단 말일세.”

정해와 미지는 동시에 음료수 컵을 탁자에 내려놓았다. 그러고 보니 정면에 앉아 있는 남자들 중 몇 명은 낯이 익은 듯했다.

"미지야, 만영 오빠하고 잘 통하는 친구들인가 봐."

정해가 조그맣게 말했다.

"정해야, 너 바쁠 텐데 그만 가볼게."

정해의 대답을 들을 사이도 없이 미지는 야전 천막을 뛰쳐나왔다.

'좋아하던 여자가 있었다고? 채만영이 좋아하던 여자라면…'

그녀는 음료수 한 모금 마신 것이 위장으로 직행하지 않고 식도 중간지점쯤에서 말썽을 부리는가. 아랫배가 사르르 아파왔다.

죽고 싶어 하는 사람에게 죽음은 필연적으로 다가오고 만다는 남자들의 이야기가 그녀에게 이상야릇한 감동을 자아내고 있었다. 하수도와 결혼식을 올리자마자 헤어짐에 대한 상상을 구체화시킨 그녀로서는 마음의 방향에 따라 인간의 운명은 이미 그쪽으로 기울고 마는 사실을 확인한 셈이었다. 이를테면 불교에서 흔히 말하는 일체유심조의 원리였다. 생활 일선에서 십여 년 이상 더 일할 수 있는 채만영을 죽음으로 몰고 간 불행의 실체를 미지는 더 헤아려보고 싶지 않았다.

"지루했지? 금방 나온다는 게…"

윤애는 대답 대신 엷은 미소를 지어 보였다.

"이 주변에 사자들의 혼령이 꽃가루처럼 흩날리는 걸 지켜보았어. 조금도 지루하지 않았어."

윤애가 의미심장하게 말하며 그녀의 팔짱을 꼈다.

먼 하늘 가로 일찍 나온 초저녁별이 보였다. 그리움 같은 쥐똥나무의 꽃향기가 바람을 타고 미지의 후각을 울컥울컥 자극해왔다.

"어땠어? 많이 슬펐어?"

"응, 조금."

"어디 가서 맥주 한 잔 할까?"

윤애가 그녀의 기분을 살피듯 계속 말을 시켰다.

"아니, 이대로 좀 걷자."

쥐똥나무 울타리와 외래 병동의 거대한 건물, 영안실로 가는 바쁜 발걸음 모두, 어둠 속에 묻혀서 짐작으로만 그것들의 위치와 소리를 감지할 뿐이었다.

윤애의 말대로 죽은 자의 혼령들이 도시의 공해를 피해, 닿을 수 없는 먼 허공에 떠서 꽃가루처럼 마구 흩날리는 것만 같았다. 그들은 어둠속을 말없이 걸어갔다.

여보를 구합니다

갑신년의 연말이 다가왔다. 오순悟巡은 공연히 마음이 급해졌다.

좋은 사람도 만나지 못하고 365일 한 해가 다 간 것이다. 대체 뭘 했지? 많고 많은 날 동안 내가 한 일이 뭐였지? 그녀는 답답하기 이를 데 없다.

날마다 TV 앞에 앉아서, 연속극이나 주말드라마에 폭 빠져 지낸 것이 아니었다. 그 노릇도 이방 저방 가족들이 드나들고 번잡할 때의 얘기지, 썰물 빠져나간 겨울 바닷가처럼 집안 전체가 썰렁한 공간이 돼버리고 난 후부터 그녀는 TV를 별로 선호하지 않았다. 어쩌다 외출했다가 밤늦어 텅 빈 집에 돌아올 때 TV를 켤 뿐, TV 보는 재미마저 상실한 터였다.

화면에 출연하는 탤런트에 관해 저 코는 성형 수술한 게 틀림없어, 콧마루가 자로 그린 것 같아, 본 얼굴이 훨씬 나았는데 매력 반감이다, 하면서 대화를 나누면 좀 덜할 텐데, 딸애마저 사업차 상해에 머물게 된 다음부터는 TV에 관심이 엷어져 갔다.

혼자 지내는 시간은 잠자는 시간 몇 시간을 제외하고는 상당히 길고 지루했다. 그렇다고 열심히 외출을 한 것도 아니다. 지난해 가을, 서울특별시의 오래된 단독주택을 처분하고, 경기도 도민으로 편입되고 나서는 거리도 멀고, 노상 지하철을 타고 땅 밑으로 이동하는 게 싫어서 가능한 한 외출 횟수를 줄여나가고 있었다.

한 주 두세 번 D대학교 OO대학원의 강의는 빼놓지 않고 들으러 가기는 하였다. 말이 한 주에 두세 번이지, 학기 말에 리포트라도 몇 과목 쓰게 되거나 시험 때가 되면, 자료를 구하기 위해 중앙도서관 출입도 빈번하게 했다.

집 살림을 하느라고 시간을 썼느냐 하면 그것은 아니다. 기실 결혼 초에는 어느 집 새댁이라도 살림살이를 규모 있게 해보려고 산뜻한 앞치마 두르고 한껏 폼을 잡아본다. 그게 새댁 혼자서 살림살이의 짜임새를 형성하는 건 아니었다. 경동시장, 노량진시장, 남대문시장을 누비고 다니며 조금이라도 더 싱싱하고 값싸고 물 좋은 재료를 사다가 지지고 볶아 각종 요리를 담아낸다고 하여도, 일찍 귀가해서 맛나게 먹어주는 남편과 자녀들이 건재했을 때의 이야기에 해당한다.

한밤중 두 시, 아니면 새벽 4시가 넘어 곤드레만드레 술 취해 돌아오는 불성실한 남편을 위하여 제사상을 받들 여인네는 지금 시대 어디에도 존재하지 않을 것이다. 그 점에 있어서는 그녀도 예외가 아니다. 한밤에 차려진 밥상이 그게 어디 사람이 먹는 밥상이냐. 그건 당연히 귀신 도깨비가 출현하여 소리 안 나게 퍼먹고 갈 제삿밥이나 다를 바가 없다.

변함없는 곤드레만드레의 남편이란 작자와 딱 금을 긋고 칼로 베듯 너는 너, 나는 나로 분리할 것을 선언한 이래, 그녀에게 있어 살림살이라든가 제사상 벌이는 서글픈 해프닝은 종을 친 거나 다를 바가 없다. 하루 한 번 정도 쿠쿠 밥솥을 가동시키는 것으로 충분했다. 밖에 나가서는 형편대로 간단히 해결했고, 대학원에 출석하는 날은 구내식당에서 쇠기름이 빗방울처럼 둥둥 떠다니는 육개장 흉내만 낸, 저렴한 식사로 허기를 달래곤 하였다.

영양실조 현상이 나타난다고 하더라도, 예전처럼 마장동으로 진출하여 선지나 사골을 사다 고으느라 집안에 김이 서리게 미련을 떨지 않았다. 기실 틱낫한 스님의 『화』를 읽고 나서, 또는 광우병 쇠고기를 먹고 발병한 인간 광우병에 관한 기사도 한몫 거들기는 했다고 본다.

참게나 꼴뚜기를 사들여 손톱 찔리며 다듬고 절이는 일도 하지 않았다. 토란대, 도라지, 고구마순 종류를 먼 재래시장까지 차를 갈아타고 가서 이고지고 날라와, 손등에 우둘투둘 발간 두드러기가 번지는 걸 견디며, 껍질을 벗겨 삶아 말리거나, 소래포구에 나가 푸들푸들 살아있는 보리새우를 말로 사와 김장용 젓갈을 담그는 일도, 그리고 참가자미며 동태를 짝으로 들여와 고양이에게 도둑맞지 않으려고 지키면서 장독대에 줄을 매 건조시키는 일도 생략, 모든 걸 약식, 간소화했으므로 그런 면에서 그녀는 자유로웠다.

그 대신 동료와 선배들이 수시로 보내오는 책을 읽는 데에 가사노동과 요리 시간을 대폭 할애했다. 책은 집안 어느 구석이든 흔했으며 수필집, 소설, 시집 등, 종류도 구색을 갖추었다. 열심히 문학작품을 창작하여 그다지 숙친하지도 않은 그녀에게까지 보내와 창작의 어려움을 위로받게 하였고, 한국문학가협회 회원으로서의 우정을 지속시켜 나가게 하였다.

이 책은 어떤가, 이 양반은 꼭 형사 같은 어투로 글을 진행시키네, 하면서 호기심과 부러움으로 타인들의 작품을 훑어보는 시간은 무엇보다 소중하고 귀했다. 한참 몰두해서 읽다가 집 밖의 책을 뒤지러 영풍문고나 교보문고로 원정가는 즐거움도 상당하다.

책방 나들이, 서점 순례도 늘 이루어지는 행사는 아니다. 책 몇 권 사 들고 오면 그걸 읽는 동안은 책 사러 다시 나갈 일이 없게 되었다. O여 년 전, 당시 늦깎이 주부작가로 등장한 박완서 선생님의 문예창작 교실에서 만난 문우들이나, YWCA에서 강의 종료 후에 '문맥'이란 문학 서클을 만들어 함께 공부했던 문우들과 영화관에 가서 영화를 보기도 한다.

그 일도 그리 자주 일어나는 것은 아니다. 그들 대부분이 시인이며 소설가로 문단에 등단하여 나름대로 바빠서 만나기가 쉽지 않은 때문이었다. PC의 보급으로 외롭지도 심심하지도 않다는 친구들이 많은데, 그녀는 작품을 쓸 때를 제외하고는 화투놀이나 PC게임에 몰두하는 성미도 아니었다.

그녀는 내년 봄 개강할 때까지의 기간이 끔찍스럽기만 했다. 눈을 뜨고 잠들 때까지 주변엔 한정 없이 널려 있는 게 일감이다. 그녀는 그런 소소한 집안일에 순순히 손을 들고 만 것이라고 할 수 있었다.

그녀가 시급하게 해결해야 할 긴요한 일이라면 먹고 자는 일보다 더 원초적 본능에 가까운 일, 그것은

첫째 청국장 보글보글 끓여 맑은 눈빛 마주 보며 밥 같이 먹을 사람,

둘째 TV를 켜지 않고서도 풍부한 대화로 지루하지 않은 일상을 보낼 수 있고,

셋째 OO대학원을 졸업하고 함께 인도나 미얀마로 성지순례를 떠날 사람,

넷째 영풍문고나 교보문고에 가서 책을 사들여 벽난로 지펴놓고, 나란히 앉아 책을 읽을 사람,

다섯째 눈 설설 내리는 날, 온천여행 함께 떠나 시골 시장을 돌며 산 더덕이며 상주 곶감을 살 때, 옆에 서서 공치사 같은 거 일체 하지않고, 가만히 시장보퉁이를 들어줄 사람,

여섯째 그녀가 대작을 구상할 때 따순 차를 디밀며 신랄하게 조언해 줄 사람, 그리고 심야 영화관에 가서 어깨 기대고 영화를 관람할 수 있는 사람을 구해야 하는 바로 그 일이었다.

단순히 외로워서가 아니었다. 서럽기 때문도 아니었다. 그녀의 여보, 혹은 당신을 찾는 일은 대우주의 법칙을 이행하는 가장 초보적이고 근원적인 인간의 일대사에 해당했다. 삼라만상을 음양오행으로 펼쳐보는, 복잡한 해설이나 논리가 아닌, 매우 자연스런 사람답게 사는 방편이었으며, 새삼스럽고 유별난 행사가 아니었다.

세간의 관습으로 보면 그녀의 나이테가 가을 해가 막 서녘으로 떨어지는 노을을 닮아 있어 젊음과는 거리가 좀 있고, 경제력이나 사회적 지위를 누리고 구축한 중후한 노신사 계열도 아닌, 경제적으로 취약한 여인이라는 점에 있어서 안타깝고 불리한 면은 노출될 수 있지만, 그녀는 당당하기로 다짐했다. 가까운 친지들에게 자신의 정황과 심경을 발표하거나 동정을 구하는 치사한 짓거리는 딱 질색이었으니까.

그녀는 일간지에 '여보를 구합니다'라는 광고를 내려는 의도를 품고 있다. 앞에서 언급한 바대로 여섯 가지 조건 중 중요한 항목만 선택하여 제시할 계획이었다. 그것은 용기 있고 뜻있는 일이었다. 모처럼의 기발한 아이디어는 그녀를 가장 확실하게 구원해줄 것이라는 확신이 있었다.

아! 나 외로워. 친구할 사람 소개해줘. 이런 말은 그녀의 지성과 빛나는 자존심이 허락하지 않았다. 그것은 그녀의 오뚝선 콧날과 나이를 먹어서도 변치 않는 부리부리한 안광에서 쉽게 드러났다. 외로움으로 피부 세포가 툭툭 터져 나가고, 양 옆구리로 동지섣달 찬바람이 휙,휙, 지나간다 해도 자신의 내면을 펼쳐 보이는 일이란 유일무이한 단짝 친구 호정을 제외하면 없다. 이것은 차라리 그녀의 드높은 자존심의 문제라기보다는 그녀 편에서 마음을 터놓고 믿음으로 대화를 나눌 상대가 전무하다는 게 솔직한 표현일 듯싶다.

IMF 이후 사람들은 친한 사이라도 돈 빌리기가 더 어려워졌다고 말한다. 급할 때 몇 십, 많게는 몇 백까지 돈 차용을 할 수 있었다. 지금은 나중에야 신용불량자가 되는 한이 있어도, 비싼 이자와 수수료를 물고서 현금서비스 카드를 이용했으면 했지, 이웃 간에 또는 친구와 돈거래가 뚝 끊기고 만 것이다. 돈거래가 뚝 끊어졌다는 사실은 따사로운 풍토가 사라진 것이며, 한마디로 인간 상호 간 신뢰감의 상실이라고 단언할 수 있다. 따라서 그녀도 아마 모르면 몰라도, 아는 사람에게 외로운 사연 발설하기보다는 신문이란 매체를 통하여 공개적으로 품격 있게 광고를 하는 편이 마음 편할 것으로 여겼다.

그녀는 망설이지 않았다. J일보에 전화를 했다. 마음에서 명령하는 대로 전화기의 숫자를 정확하게 짚어 나갔다. 3570-8216은 연속해서 신호음만 울렸다. 수화기 저 너머의 긴장감이 전해지는 듯했다. 광고를 전담하는 부서는 연말에 이르러 눈코 뜰 새 없는 북새통으로 변한 감이 있었다. 여섯 번째 가서 겨우 통화가 되었다.

"J일보 광고부입니다! 무엇을 도와 드릴까요?"

상대방은 단도직입적으로 용건을 두들겼다. 흔히 하는 방법이겠으나 그녀는 어리둥절했다. 광고부 직원의 정확하면서도 나긋나긋한, 여자보다 더 부드러운 목소리가 그랬고, 그녀의 의도나 계획이 엉뚱하므로 해서 더욱 그랬다.

"광고를 접수하려고요. 전화로도 가능합니까?"

"네 사안에 따라서는 전화로도 가능합니다. 어떤 종류의 광고를 원하시는지 말씀해주십시오."

전화 받는 쪽에서도 서두르는 인상이 강했다.

"그럼 메모를 해주시죠. '여보를 구합니다' 이게 광고 제목입니다."

그녀는 세부적인 내용을 숨도 쉬지 않고 불러주었다. 전화를 끊고 나서 후유! 큰 숨을 토해냈다. 마치 '잘하고 있어'라는 듯이. 비즈니스는 일사천리로 눈 깜박할 사이에 진행되었다. 그녀의 인생사에 있어 중요한 한 대목이 J일보 광고부 직원에게 착오 없이 전달되었다.

"원하시는 날짜가 있으십니까? 일단 광고 문안을 짜서 이메일로 보내드릴 테니까 교정 봐 주시고요. 접수 번호 619입니다. 광고비는 선불입니다."

"네. 감사합니다."

카드로 광고비를 결제한 후, 그녀는 거실로 달려갔다. 몸 전체를 비추는 큰 거울이 베란다 쪽 거실 벽에 부착돼 있었다. 그녀는 거울 앞에 서서 승리의 미소를 지었다. 올해에 특기할 일이 그녀에게 한 가지 더 추가된 것이나 다름없었다.

거울 속에 오십 대 중반의 주름살 미인이 의미심장한, 또 한 편으로는 익살스러운 미소를 띠고 서 있었다. 주름살 미인이라고 이름했으되 여전히 깊고 맑은 눈빛을 가진, 악전고투에도 유난히 고운 피부의 장점을 잘 유지시킨 여인의 모습, 아파트 단지 곳곳에 오래도록 늦가을의 아름다움을 과시하던 단풍나무처럼 우아와 품위마저 곁들인, 외로움의 화신이 아련히 서 있었다.

'잘했어. 잘한 일이라구.'

그녀는 우왓하하… 뱃가죽을 당겨 폭소를 터뜨렸다. 깊은 잠 속에서도, 욕실의 더운 안개에 잠겨 있으면서도, 먼 하늘에 떠 있는 반달을 바라보면서도 그녀는 자신도 모르게 웃음이 자꾸 터져 나왔다.

그 후 그녀는 매사에 느긋한 여유를 차릴 수가 있었다. 오랫동안 마음속으로만 벼르던 일을 해치운 후련함이었다. 벼르던 일 중에서 다소 신경이 쓰였던 기억 때문에 안도감까지 들었다.

그녀는 전보다 다소 수준 있게 출시된 우체국 연하장을 사들였다. 잊고 살던 지인들에게 절실한 사연 한두 구절 써넣어 발송했다. 이 일 또한 연말에 반드시 처리해야 할 일 중 하나였다. 책을 보내준 사람에게는 자신의 저서 중에서 한 권을 가려 뽑아 발송하였다. 이메일로 답할 부분은 이메일을 쓰면서 소원해진 친지들과의 관계 회복에도 주력했다.

광고 건은 그녀의 일상을 수심 깊은 호수처럼 평온하게 하였고, 초봄에 볕 바른 탱자 울타리 사이를 빠져나가는 바람결처럼 따분한 일상을 감미롭게 변화시켰다. 룰루랄라가 저절로 흘러나와, 벅찬 기대와 가슴 설렘이 그녀의 오감에 넘쳐흘렀다.

뎅! 뎅! 뎅!

그런 의미에서 그녀에게 제야의 종소리는 뜻깊었다. 그 감에 있어서 전년도와 비교할 때 사뭇 달랐다. 서울특별시 L 시장보다 경기도 지사가 먼저 화면에 보였다. 밤바람이 매운데도 아나운서는 지루할 만큼 많은 말을 끄집어냈다.

한복 두루마기에 하얀색 머플러로 멋을 부린 서울특별시의 위대한 시장, 서울시를 하나님께 봉헌한다는 말로 세간을 시끄럽게 한 시장의 얼굴이 등장했다. 서른, 서른 하나, 서른 둘, 서른 셋, 보신각의 종소리 숫자를 세는데 그녀는 온 신경을 집중시켰다.

와아! 종소리가 울려 퍼질 때마다 대다수 젊은 시민들이 양손을 높이 쳐들고 함성을 질렀다. 그 함성에는 남북통일의 염원은 물론, 새해를 향한 시민들의 가지가지 소원이 함축되어 있을 것이었다. 보신각의 종소리가 서른세 번 울리는 것과 동시에, 보신각 일대의 소요는 점차 갈앉아갔다. 서울의 밤은 어둠의 장막 속으로 속속 잦아들었다.

그녀는 전에 사다가 둔, 멀리 중남미의 과테말라 이야기가 들어있는 책을 펴들었다. 멕시코 이민에 얽힌 슬픈 민족사가 그 책 속에 담겨 있다고 했다. 그녀는 띠깔(TikaL) 지역에 상주하는 마야신의 주술에라도 걸린 듯 책을 펴들자 곧 잠이 들었고, 불을 밝힌 채 새해를 맞이했다. 동쪽 하늘이 밝아왔다. 바야흐로 계유년의 새아침이었다.

따르르릉…

요란하게 울리는 전화벨 소리에 놀라, 눈을 반쯤 감은 채로 전화기를 노려본다. 잠을 좀 더 자도 누구도 그녀를 나무라지 않을 것이다. 제야의 종소리에 취해 늦잠을 잔다고 해서 손해 볼 일도 없다. 손해라니, 오히려 양력 설 1월 1일은 일부러라도 늦잠을 자는 편이 나았다.

국민 대다수가 음력 설을 선호하므로 나라에서도 양력설보다 음력 설에 빨간 숫자를 더해놓기는 하였지만, 신정도 명절은 명절이었다. 명절이라고 그녀에게 세배드리러 올 사람도, 갈 사람도 없다. 지지고 볶을 일도 없다. 매달린 식솔 한 명 없는 자유로운 그녀였다. 영하 10도 근처까지 내려간 얼어붙은 겨울 새벽에 잠 깰 이유란 더더구나 없었다.

누구야? 무슨 급한 일이라도 있는 거야?

궁시렁대며 그녀가 수화기를 들었다.

"나야, 오순아. 아직 너 자는 거니?"

어젯밤의 제야의 종소리 여운이 쟁,쟁, 남아 있어 상대편의 말소리를 얼른 판별하지 못한다. 종소리보다 더 간곡한 그 어떤 소리에도 그녀의 귀는 반응하지 않고 있었다.

"권오순 여행 가자. 아홉 시까지 청량리역으로 나올 수 있지?"

그녀의 감관에서 제야의 종소리와 와아! 하는 젊은 시민들의 함성이 슬그머니 자취를 감추었다. 그런데 듣고 보니 숫제 강요이고 명령이었다. 의견을 묻는 게 아니라 이의 달지 말고 무조건 따르라는 얘기였다.

"지금 몇 신데 호들갑이냐."

『검은 꽃』몇 페이지 읽다가 그녀는 새우처럼 꼬부라져 잠든 것이다. 지금부터라도 캐시밀론 이불을 푹 뒤집어쓰고 두어 시간 더 잤으면 원이 없을 것 같았다.

"너 여행가자면 진눈깨비에 함박눈이 퍼부어도 떨치고 나서더니. 그럼 너는 잠이나 자라. 나는 떠날 거니까."

호정虎征은 방학을 이용하여 여행을 즐겼다.

때아닌 진눈깨비가 눈발로 변하더니 주먹 같은 함박눈으로 변했다. 날씨가 갑자기 변했다고 해서 가야 돼 말아야 돼 하고 주저할 호정이 아니었다.

어려서 교통사고로 부모를 여의고, 외할머니 손에서 자란 호정의 성격은 어떤 상황에서나 여전사처럼 용감했다. 남자 이상이었다.

삼년 전. 그녀는 모자 달린 털 코트를 들쓰고, 호정을 따라 선운사를 다녀온 적이 있었다. 온 산천에 하얀 눈꽃이 소담하게 피어나 천지에 경계가 없어진 날이었다. 아침에도 눈, 점심에도 그리고 한밤에도 하늘이 내려앉기라도 할 듯 푸짐하게 눈이 퍼붓던 날이었다.

선운사 풍경이라니. 법당에 계신 부처님을 빼놓고는 도량 전체가 눈 나라였다. 그녀와 호정은 똑같이 눈사람이 되어가지고 선운사 경내의 찻집으로 호호 깔깔, 걸어갔다. 찻집엔 많은 설객들이 벌건 난롯가에 둘러앉아 차를 마시고 있었다. 그들 모두 눈 내리는 창밖을 내다보며 감탄하고, 흥분하면서.

그들은 따순 차로 몸을 녹인 다음 법당으로 올라가서 부처님께 예배드렸고, 이내 법당을 나와서 눈길을 뽀드득뽀드득 걸어서 도솔암 골짜기로 올라갔다. 눈에 갇혀 그곳에서 사흘 낮밤을 머물렀던 기억이 새롭다.

"미리 말해주지 않고."

그녀는 떠날 채비를 서두르고 있으면서 투정부리듯 말했다.

"겨울 바다 보고 싶다고 했잖아. 작가 선생님 그대를 위하여 이번엔 동해바다로!"

"휴! 너 또 발동 걸렸구나."

얼마나 반가운 소식인가. 생각해보면 그녀처럼 복이 많은 여인도 드물었다. 호정은 친형제나 다름없다. 단지 호정에겐 미국 보스턴에 교환교수로 가 있는 남편과, 아버지를 따라 유학간 아들이 있고, 그녀는 딸을 하나 둔 단출한 살림이었다. 둘 사이엔 아무런 불편이 없었다. 그녀에게 호정이 없는 삶은 상상조차 할 수 없다. 단순히 고향이 같고 초 중 고 과정을 함께 다녔다는 사실에 앞서 두 사람은 취미와 성격이 쌍둥이처럼 닮아 있었다.

호정이 대학시절 신춘문예에 두 번 정도 낙방하고 국어교사로서 안정된 생활을 영위하는 것과는 달리, 그녀는 신고를 거듭하며 일생일대의 대작을 향한 꿈을 실현하기 위해 끊임없이 정진하는 차이뿐이라고 할까. 163센티의 키에 있어서나 별일 아닌데도 유쾌하게 잘 웃는 낙천성이며 호탕함 등에 있어서도 그들은 돈독한 우정을 쌓기에 부족함이 없었다.

청량리역 광장은 신정연휴로 붐볐다. 평상시보다 한 옥타브 더 올라간 신명 나는 몸짓, 목소리, 옷 색깔도 훨씬 원색적이었다.

7호 열차 5번, 6번 좌석에 둘은 나란히 앉았다. 몸은 앉아있으나 마음은 어느새 강원도의 설경을 그리고 있다. 자리를 찾지 못한 승객들이 앞뒤로 오가느라 소란스러운 것도 잠시, 청량리발 강릉행 무궁화호 기차는 서서히 움직이기 시작했다.

"졸려? 이 게으름뱅이!"

호정이 그녀에게 눈을 흘겼다.

"지금 가면 언제 돌아와?"

"이런! 가지도 않아서 올 걱정이야? 그럼 내려. 나 혼자 갈 테니까."

호정은 일단 일을 붙잡으면 그 일에 몰두하느라 다른 일엔 전혀 무관심한 오순의 성격이 걱정스러웠다. 특히 글을 쓸 때 그런 면이 두드러졌다. 아예 밥도 먹지 않았고, 소변보러 다니는 게 번거롭다며 물조차 마시지 않았다. TV는 말할 것도 없다. 전화기도 코드를 아예 빼놓았다. 거기까지는 그런대로 이해가 갔으나 오랜만에 그야말로 이십 년 만이라던가. 오순의 첫사랑이라고 할 수 있는 초등학교 남자 동창생 K에게서 걸려온 전화도 받지 않은 일은 좀 심했다. 못마땅했다. 한국에 사는 동창생이라면 또 모른다.

먼 데서 인연을 구한단 말인가. 첫사랑이 끝 사랑이 되지 말란 법 있어? 어휴, 맹맹이 콧구멍 같으니라구. 호정이가 볼 때 오순은 융통성 없고, 왕고집에다 벽창호 기질이 농후하였다. 맹맹이 콧구멍이란 표현은 오순에 대한 호정의 끈적끈적한 우정에 기인한다고 좋게 봐주어야 한다.

"그래서 너가 혼자 사는 거다. 아무리 일이 바빠도 그렇지. 이쪽저쪽 눈도 돌릴 줄 알아야 사람 구경을 하지. 이것아!"

K는 이민 가서 자리 잡고 살 만하자 교통사고로 아내를 잃었다. 호정은 콕 막혀 있는 듯한 오순이 딱할 때가 많았다. 한가지밖에 모르는 것이 어떻게 소설은 써?

"아! 눈발 날리는 것 좀 봐."

오순이 눈을 부비며 명랑하게 말했다. 아닌 게 아니라 강원도 지역엔 햇볕 화사한 날에도 풀풀 나비처럼 눈가루가 흩날렸다. 흰 구름이 여전히 하늘가를 배회하고 하늘은 투명하게 개어 있었다.

기차는 강원도의 잘 그린 동양화 같은 겨울 산야를 씩씩하게 달려갔다. 해발 650미터의, 우리나라에서 가장 높다는 수전역을 지나고, 또 가장 긴 장전 터널을 지나갔다. 인생행로에도 흔히 컴컴한 터널을 지나가야 할 때가 있고, 짙푸른 평야를 지나 호수나 강을 건널 때도 있는 것처럼 무궁화호 기차는 지평, 쌍용, 자미원, 사북, 예미, 반곡 등의 예쁜 이름을 가진 역을 차례로 지나갔다. 삼척을 지나자 눈발이 굵어지고, 보이는 사물이 온통 화이트 일색이었다. 어제도 그제도 눈이 온 듯 산과 나무, 개천, 바위, 너와집 모든 것들이 백색 평원이었다. 사물의 실체를 분간할 수 없었다.

"멋져라! 겨울은 눈이고 눈은 강원도지."

호정이 손뼉을 치면서 큰소리로 외쳤다. 외치지 않고는 견딜 수가 없는 정경이 계속 펼쳐지고 있었다. 나이 먹은 여인으로 보이지 않았다. 오순도 그렇다. 두 여인은 영원히 철이 들지 않는 만년 소녀였다.

바닷가 해송 숲에도 눈 무더기가 하얗게 뒤덮여 소나무들이 눈 이불을 덮고 잠에 취한 듯하다. 멋진 경치에도 아랑곳없이 기차 안엔 자는 사람들이 많았다. 그들은 잠을 자기 위해서 기차를 탄 것같았다. 눈 속에 폭 가라앉은 초가마을처럼 그들은 얕은 코를 곯고 있었다.

"너 정말 신문사에 전화한 거니?"

호정이 확인하듯 물었다.

"내가 한다면 한다! 신년 연휴에 게재해준다고 했어."

"광고비가 비쌀 텐데."

"그 정도도 투자 안 하고 뭘 낚아?"

"너 진짜 영화에 나오겠다."

"기왕이면 것도 좋지."

그들은 선문답하듯 알 수 없는 대화를 나누면서 애들처럼 즐거웠다.

"뭘 좀 먹어야지. 가방에 육포가 몇 장 있다. 내가 만든 거야. 너 먹어볼래?"

호정이 배낭을 열고 부스럭부스럭 커피 병과 육포를 싼 비닐봉지를 꺼내놓았다.

"언제 육포 만들 시간이 있었네."

"남편이 내가 만든 육포를 좋아하거든. 크리스마스 즈음해서 미국에 좀 부쳐주었어. 밤늦게 공부하다 간식으로 먹으면 그만이야."

"그대 덕분에 이 몸께서 영양보충을 다 한다. 아무튼 고마워."

육포는 짜지도 싱겁지도 않고 약간의 단맛이 가미되어 입에서 살살 녹았다. 바로 이런 맛이 가정의 단란함인가. 그녀는 쇠고기 육포 한 조각에도 쉽게 가슴이 메었다. 방학을 이용하여 육포며 한과를 직접 만드는 호정의 살림살이 솜씨가 부러웠다. 솜씨보다도 정말로 부러운 것은 호정과 호정 남편의 금슬이었다. 상대방을 자유롭게 방임하면서도 남다르게 애정을 쌓아가는, 친구이자 애인이고, 동반자이며 동지인 그들 부부에게서 그녀는 남녀 결합의 극치를 보는 듯했다. 그것은 그들만의 사랑의 힘이었다.

육포의 담백하고 구수한 맛을 즐기며 호정이네 집 크리스마스트리를 떠올렸다. 그들 부부가 크리스마스트리에 별 모양의 과자와 사탕을 매달고, 흰 솜을 뜯어 얹고, 색종이로 둥근 공과 종, 삼각형의 산타 모자 등, 온갖 모양을 오려내 달랑달랑 걸어두고서, 어린애처럼 즐거워하는 모습을 여러 해 두고 보아왔다.

대학교수요 교사인 그들 부부를 보면서 그녀의 가슴 속은 훈훈하게 더워지곤 하였다. 가장 유치하고 본능적인 것이 진실이라고 했던가. 그렇다고 하여 호정이 부부가 유치하거나 본능적이라는 얘기는 아니다.

그녀는 지난 연말의 일을 회상했다. 기발한 아이디어는 어디서 나온 것일까 하고 그녀 스스로도 깜짝 놀랐다. 그녀의 잠재의식 깊은 곳에서 표출한 것일 수도 있다. 그녀는 J일보에 전화할 때까지 당황하지도 않았다. 그녀에게 여보를 구하는 일은 다른 어떤 일보다 우선이었다. 절실하고 정직한 이유가 될 것이었다. 금슬 좋은 호정이 부부에게 일말의 책임이 없다고는 할 수 없을 터였다. 오순이 그들 부부에게 자극을 받지 않았다고는 감히 말할 수 없다.

그들은 자다가 깨다가 하면서 동해역에서 내렸다. 강원도의 특징처럼 눈발은 여전히 휘날렸고, 서쪽으로 기운 해가 바다 위에 떨어지는 하얀 눈발을 환영처럼 반사하고 있었다. 비릿한 바다 냄새가 사방에서 물씬 풍겼다. 그들은 근처 식당으로 발걸음을 옮겼다. 기차 안에서 먹은 육포와 커피도 시장기 해결에는 큰 도움이 되지 않았다. 어디까지나 간식일 뿐이었다.

낡은 배 몇 척이 부둣가에 정박해 있었다. 저녁 바다는 오직 쓸쓸함이었다. 오징어잡이 배는 한밤에 출어한다고 하던가. 파도 소리와 거센 바람 소리뿐, 그 흔한 갈매기도 어디론가 숨고 없었다.

"우리 동태찌개를 먹을까?"

둘은 허름하게 보이는 식당으로 들어갔다. 고추장과 고춧가루 범벅의 동태찌개를 국물까지 맛나게 먹었다. 동태는 동태 맛이고 육포는 육포 맛이었다. 그들은 무엇이건 맛나게 잘 먹었다. 구들구들 덜 마른 오징어 한 마리를 숯불 화덕에 구워 죽죽 찢어 고추장에 찍어 먹으니 별미였다.

"강원도는 오징어야!"

립스틱을 바르며 호정이 웃었다.

두 여인은 숙소에 여장을 풀었다. 편한 옷으로 갈아입고 자리에 누웠다. 호정이 저것이 남자였으면. 내게도 여보! 하고 부를 수 있는 이름이 있다면! 오순은 샤워한 긴 머리칼을 손으로 털고 있는 호정을 바라보며 야릇한 웃음을 흘렸다.

바다는 에메랄드보다 짙푸른 남청색에 가까웠다. 남청색 물결 위에 아침 해가 고루고루 폭넓게 퍼져 있었다. 밤에 비해 한결 약해진 파도는 호정과 오순의 콧노래를 삼키고, 쉼 없이 모래사장으로 밀려왔다 밀려갔다.

끼룩! 끼룩!

청둥오리떼가 파도에 둥둥둥 떠밀려갔다. 해는 높이 떠올라 망망대해 한가운데로 솟구쳐 올랐다. 어장은 밤새 잡아 온 고기들로 왁자지껄하다. 오징어와 동태가 주종을 이루었고, 팔딱팔딱 뛰는 멸치와 각종 어류들이 살려달라고 아우성을 친다. 고기 상자를 쌓아놓고 벌이는 흥정은 파도 소리와 묘한 조화를 이루어 동해바다 에너지 그 자체였다.

검은 바위를 경중경중 뛰다시피 하여 바다를 끼고 읍내로 걸어갔다. 하얀 물살을 지으며 격노한 파도가 큰 바위에 부서져 내리면, 그 자리에 조약돌 비슷한 조개들이 몇 개씩 모습을 드러냈다. 얼른 달려가 주워보고 싶었다.

"가슴이 트이는 것 같아."

"오순아. 오기를 잘했지? 기왕 왔으니 삼사일 쉬다가 올라가자."

남편과 아들이 떠나고 없는 빈집에 호정은 서둘러 돌아갈 일이 없다.

끼룩! 끼룩!

파도를 타는 청둥오리의 노래가 들려왔다. 파도에 몸을 실은 청둥오리의 아름다운 율동은 바라만 보아도 흥겨웠다.

두 사람은 택시 정류장을 향해 걸어갔다. 횟집과 간이음식점에서 마구 내버린 물이 작은 웅덩이를 만들어 포장 안 된 보도는 질퍽거렸다. 택시 한 대가 그들 앞에 다가와 정차했다.

"낙산사로 가주세요."

"해수관음보살님을 뵌 것이 십 년도 넘은 것 같아."

오순이 창밖으로 시선을 준 채 감회 어린 말을 했다.

그 남자 유강석과 분쟁이 심각해졌을 때, 교회를 다니던 그녀가 택시를 대절하여 처음 달려간 곳이 낙산사였다. 인연 아닌 것은 처음부터 아니었다. 화해니 용서니 하는 낱말들도 애정과 관심이 명맥이나마 유지할 때 통용되는 어휘라는 것을 뒤늦게 알았다. 결혼 후 연례행사와도 같은 유강석의 여인 편력은 그녀에게 마지막 남은 자존심까지 버릴 것을 강요했다. 그녀는 자존심 대신 방탕한 남편을 버렸다. 누군가 말했다. 용모, 교양, 직업 등등, 한 가지라도 자신보다 나은 여자라면 그래도 좀 위안이 된다고. 오입하는데도 양보다 질의 문제라고. 바람도 바람 나름이라고.

그녀는 차창 밖으로 흘러가는 경치를 바라본다. 흥! 같이 안 사는 게 축복이라니까. 내가 시방 엄청난 자비를 입은 거라고. 그녀가 혼잣소리로 중얼거리며 호정을 돌아본다.

"틀림없이 절 체질인가 봐. 다른 곳엔 도통 갈 마음이 없으니."

호정이 말에 그녀가 호호 웃었다.

"기도 가십니까?"

택시 기사가 말참견을 했다. 기도 가는 보살들을 실어 나른 경험이 있는 모양이었다.

"네 그렇죠? 우리 삶 자체가 기도 아니겠습니까?"

호정이 교사 티 나는 발언을 했다.

동해를 굽어보고 서 있는 해수관음상의 수려한 모습이 가까이 다가왔다.

"다 왔습니다!"

잘 자란 소나무 숲이, 낙산사의 정문이, 솔바람 소리와 파도 소리가 한데 섞여 줄줄이 밀려왔다. 둘은 사내처럼 뚜벅뚜벅 홍예문 안으로 걸어 들어갔다. 신라 문무왕 시절 의상스님이 창건하였다는 동해 낙산사는 바닷가에 위치하여 운치가 그만이었다.

해송 숲을 지나 파도 소리를 들으며 원통보전으로 올라갔다. 그들은 침착한 동작으로 향로에 향을 피워 올리고 부처님께 삼배를 드렸다. 짧은 순간에 불과했지만 오순에겐 소원도 많고 회한도 많은 삼배였다.

당나라에서 귀국한 의상스님이 동해바다 석굴 안에 관세음보살이 살고 있다는 소문을 듣고 서역의 보타낙가산에 연유하여 낙산사라는 이름을 지었다고 한다. 의상스님이 7일 동안 기도하고 회향하니 용천 팔부시중이 그를 굴 안으로 인도하였다. 그곳에서 바다의 용이 준 수정 염주 한 꾸러미와 여의주 한 알을 얻고, 다시 7일을 기도하여 의상스님은 마침내 관세음보살님의 진신을 만나게 되었다고 했다.

그들은 대학시절 일연스님의 『삼국유사』에서 읽은 낙산사의 창건설화를 되새기며 홍련암으로 올라갔다. 홍련암은 큰 바위의 누각처럼 보였다. 의상스님이 참배할 때 파랑새 한 마리가 나타나 곧 석굴 속으로 사라졌다고 했고, 의상스님이 7일 동안 기도를 한 후 보니 별안간 붉은 연꽃이 떠올랐다고 하였다. 홍련암은 관음보살이 홍련으로 현현했다고 해서 붙여진

이름이라고 한다.

쉽게 만날 수 없는 관음보살을 의상스님께서 신통력으로 뵙게 되었다는 전설은 낙산사를 찾아오는 많은 불자들의 신앙심에 불을 댕겼다. 오순과 호정 역시 그들과 다르지 않았다. 의상스님의 정인情人 선묘낭자 이야기도 그것이 의상스님의 위상을 높이기 위하여 지어낸 이야기면 어떻고 실제 있었던 이야기면 또 어떠랴 싶었다.

홍련암 저 아래 관음굴로 치닫는 거친 파도 소리를 들으며 의상스님의 법력을, 그리고 의상스님을 향한 선묘낭자의 애틋한 연정을 그려보는 것만으로도, 그리고 광대무변한 동해바다 먼 이곳까지 온 것만으로도 그들은 마음이 뿌듯했다.

일즉일체다즉일 一卽一切多卽一.
하나 속에 전체가 들어있고 전체 속에 하나가 있다.

호정이 의상스님의 법성게를 읊었다. 진골 귀족 출신으로 당나라에 유학하고 돌아온 의상스님 전설은 낙산사와 영주의 부석사, 그리고 불영사에 이르러 거의 신격화한다. 그러나 육두품 출신의 원효스님과는 대조적이었다. 신분 차별은 고금동서 어느 역사에서나 공통점이 있었다.

솔바람 소리와 파도 소리가 한데 어우러진 도량을 돌아 해수관음상이 모셔진 광장으로 발걸음을 옮겼다. 파도가 굽이치는 먼바다 끝, 그 옆 자락으로 그물처럼 촘촘히 쳐져 있는 철조망이, 막 지은 듯한 블록담의 군부대 초소가, 동해 바다의 미적 가치를 하락시키고 있었다. 자연 그대로의 풍광이 감소되어가는 안타까운 모습이었다.

해수관음상 앞에 이르렀다. 자비로움과 온화함이 느껴지는 해수관음상을 대하자 오순과 호정은 갑자기 엄숙해지지 않을 수 없었다. 각각 준비해온 불전 봉투를 불전함에 밀어 넣은 후, 비닐 방석 위에 가부좌를 틀었다. 무엇을 왜 어떻게 빌어야 하는지 막연하면서도 절실한 명제를 가슴에 품고 나란히 앉아 선에 들었다. 해수관음상을 참배하러 많은 사람들이 도착했는지 주변이 분주해졌다. 큰 차가 또 도착한 모양이었다.

"동해를 굽어보고 계시는 해수관음보살님!"

그들은 합장한 자세로 마음속으로 관했다. 다음 순간 오순은 합장한 두 손을 풀고 눈을 번쩍 뜨고 말았다. 무슨 말이든 어떤 기원이든 하고 싶지 않았다. 나는 거지도 아니고, 무엇을 요구할 것이 없다. 나는 이미 이루었다. 부처님은 다 아시고 다 보시고 계신다. 번개같이 그런 생각이 들어서였다.

낙산사에서 그들은 몸을 괴롭혀 철야정진의 고행을 하지 않았다. 파도 소리와 솔바람 소리가 그들의 소원을 낱낱이 부처님께 전해주면 그뿐이었다.

사흘 밤이 꿈같이 흘러갔다. 오순과 호정은 자고 깨면 새벽
예불에 나갔으며, 절의 공양간에서 아침 공양을 마치면 공양
주 보살을 도와 설거지까지 말끔히 해치우고, 바닷가로 읍내
로 산책하기도 하면서 편안하게 지냈다. 볼을 에는 듯한 바닷
바람이 영혼의 때를 씻어주는 듯 상쾌하였다. 일체를 던져버
리니 편안했다. 무념무상으로 지내는 게 그럴 수 없이 좋았다.

"파도 소리 솔바람 소리 그게 기도이고 염불인 거야."

"맞다 맞아! 하하하."

두 여인은 마치 한 소식 한 사람들처럼 조금 들뜨고 고양돼
있었다.

그들은 택시를 타고 동해역에 도착했다. 서둘러 기차에 오
르자 오순은 꺼둔 핸드폰을 열었다.

"무슨 전화가 이렇게 많이 와 있냐."

오순이 탄성을 지르자 그게 신호라도 된 듯 핸드폰이 울렸
다.

"네!"

오순이 사바세계에서 건너오는 소리에 응대했다.

"전화 좀 이쁘게 받아라. 오순아."

호정이 일침을 놓았다.

"네? 신문기사를 보셨다고요? 어머 그러세요?"

오순이 빽빽 소리를 질러댔다.

"어머나! 너, 신문에 광고 냈다더니, 뭐가 올라온 거니?"

올 때보다 기차 안은 승객이 별로 없고 한산한 편이었다.

"만나자고 하니? 그게 누군데?"

좌석에 앉자마자 문자를 찍고 있는 오순에게 연거푸 질문을 했다. 호정에게도 '여보를 구합니다'라는 오순의 광고 건은 흥미진진하고 이색적인 사안이었다.

"만나보면 알 거란다."

"야, 그런 말 누가 못하니?"

"내가 메시지를 보냈어. 일단 만나보는 거지 뭘."

"너, 좋게만 생각하지 마라. 이 세상이 순딩이만 사는 복사꽃 피는 동네가 아니야."

"어떤 위인은 내가 순악질에다 악독녀라는 거야. 근데 호정이 넌 난데없이 순딩이를 왜 찾아?"

"그건 원중회고, 즉 원수가 외나무다리에서 만났으니 그런 거지. 너야 말로 원조 순딩이 혈통이지."

수다를 떨던 두 사람은 이내 고개를 옆으로 떨구고 잠이 들었다. 기차는 강원도의 설경을 고샅고샅 보여주며 기세 좋게 달려갔다. 시간은 빠르게 흘러갔고, 그녀들의 잠은 달콤하고 깊었다. 기차는 그들에게 포근한 침상이었다.

"잠시 후 열차는 청량리역에 도착하겠습니다."

그들이 안내방송을 들은 게 희한했다. 소스라쳐 일어나 배낭을 챙기고 운동화 끈을 고쳐 맸다.

"아! 괴이하다. 『구운몽』에 등장하는 조신만 꿈을 꾸는 게 아니야. 이 세상이 온통 꿈의 바다야."

손뼉을 짝,짝, 치며 오순은 신이 났다.

"꿈속에서 말 탄 왕자님이라도 만난 거야? 기차 안에서 꾼 꿈이 뭐 별 게 있을까. 무슨 꿈인데 그래?"

호정이 조른다.

"산사에서도 못 본 일출을 보았어. 이글이글 불타는 태양과 바다를, 아주 선명하게. 무슨 영화장면 같았다고."

"정말?"

그들은 출구계단을 부지런히 올라갔다. 자다 보니 서울이고, 꿈꾸다 보니 청량리역 광장인 셈이었다. 표를 내고 역 광장으로 나오자 서울특별시의 탁하고 매운 먼지가 덮쳐왔다. 숱한 사람들이 호정과 오순 사이를 밀치고 지나갔다.

"권오순! 저기 좀 봐!"

호정이 오순의 배낭을 잡아끌었다.

"너 봤어? 흐흐흐."

호정이 웃는지 우는지 분간이 안되는 이상한 콧소리를 냈다.

─권오순을 찾습니다

하얀 바탕에 검정 글씨, 현수막 출현에 두 여인은 으아! 비명을 질렀다.

"어머! 애 …"

두 여인은 발걸음이 얼어붙은 듯, 그 자리에서 꼼짝하지 않는다. 더 놀란 것은 오순이었다.

장신의 남자가 현수막을 펼쳐든 채 성큼성큼 다가와 호정과 오순의 손을 덥석 잡았다.

"짠! 사모님들 나 알아보겠어? 나 역 이민했다구. 나의 여보를 구하려고. 우왓하하하…"

그는 그들의 초등 동창 K였다.

"호호…"

"깔깔…"

"으흐흐흐…"

호정이 묘한 표정을 지으며 배를 쥐고 웃었다. K는 J일보의 모 월 모 일 자의 광고란을 펼쳐 두 사람에게 보여주었다. 오순이 얼마 전 J일보에 전화로 의뢰한 예의 광고였다. '나의 여보를 구합니다'라는 고딕 글씨와 여보의 구비조건 몇 가지 항목이 두 여인의 눈에 클로즈업 되었다.

K에게 손을 잡힌 오순이 하하, 호호, 통쾌하게 웃었다. 그 옛날 여고시절 한때를 제외하고는 그처럼 마음 놓고 시원하게 웃어보기는 처음이었다.

그들은 K의 차가 있는 곳으로 희희락락 걸어갔다. 먼 하늘에 달무리가 넓게 퍼져 마치 포대화상의 웃는 얼굴처럼 그들 세 사람을 넉넉하게 지켜보고 있었다.

모정 삼만리

민주가 먼저 간 곳은 한의원이었다. 먼 곳으로의 여행에 무리가 없겠는지 진맥을 해보자는 뜻이었다.

"대학원 공부가 재미있으신 것 같네요! 전번에 비해 기력이 좋아지셨어요."

젊은 한의사는 진맥을 한 다음 침을 놓았다. 어지럼증에 좋다는 약과, 물이 바뀌어 배탈이 날 때 복용하라며 한방 소화제도 한 병 처방해주었다.

한의원에서 나오니 장대비가 세차게 쏟아졌다. 그녀는 어지러워서 빗줄기를 바라보며 한참을 그렇게 서 있었다. 흠. 기력이 좋아졌다고? 그렇다면 어지럼증과 기력은 별개란 말인가. 어지럼증이 위험수위를 가리키고 있었지만 먼 여행을 서둘러 떠나게 한 것은 아들이었다. 아들을 떠올리면 그녀는 자다가도 벌떡 일어났다. 어지럼증은 대학원 공부를 시작하기 훨씬 전부터 그녀를 괴롭혀온 것이다. 공부가 힘들어서 어지럼증이 갑자기 발생한 건 분명 아니라고 할 수 있다.

그녀는 "어지러워, 어지러워"를 노래처럼 반복하며 빗속을 걸어갔다. 옷이 흠뻑 젖은 채 은행에서 여행사로 부지런히 발걸음을 옮겼다.

"저녁 여덟 시 이십 분인데요. 괜찮으시겠어요?"

여행사 직원은 상냥하기가 춘삼월의 동풍 같았다. 여행사에서 비행기 표를 받아 층계를 내려오는데 두 개의 콧구멍에서 뜨거운 기운이 확확 뿜어져 나왔다. 눈은 벌겋게 충혈되었다. 지난봄, 산에 가서 넘어져 쇠꼬챙이가 100일이나 박혀 있던 왼팔은 거의 참을 수 없이 저려왔다. 비가 오거나 날씨가 흐린 날은 저린 증세가 배나 더 심했다.

여행 떠나기 전에 꼭 들렀다 가라는 김 선생 말을 그냥 흘려버릴 수 없어서, 지하철을 타고 삼성동으로 갔다. 김 선생은 그녀를 반갑게 맞이했고 미리 마련한 듯, 향기가 특별한 차를 내왔다.

"저는 차 선생님 여행을 만류하고 싶어요. 몸 상태가 겨우 삼십 점밖에 안 되는데 너무 무리하시는 것 같아서요."

김 선생은 그녀의 몸이 원만하게 풀려야 삶이 풀린다, 소설 작품도 뜬다, 여행보다 급한 것이 건강이니 몸에다 좀 더 정성을 쏟으라고 충고했다. 어느 누구보다도 너무나 영이 맑고 순수한 사람이라 하늘도 불쌍하게 굽어보고 계신다고 했다.

내가 불쌍한 사람이라고? 아! 어지러워. 끝도 없이 어지럽고 있어. 그녀의 어지럼증은 악랄했다. 앉은 자리에서 몸이 저혼자 빙빙 돌고 있는 것 같았다.

김 선생은 말을 이었다. 그녀가 아직도 매력적이고 아름답다면서 무리해서 여행 가지 말고 이 땅에서 그녀 자신을 위해 새로운 사랑을 시도해 보는 게 어떠냐고 조심스럽게 건의했다. 아들 인생은 아들에게 맡겨두라고. 그 근거가 어디인지는 모르지만 싫은 소리는 아니었다. 김 선생은 그녀에게 이승에 태어나 지금까지 한 번도 누려보지 않은 사랑을 찾아야 하는 때라고 열을 올렸다. 기 치료사의 말은 그녀 기분을 좋게 했고 많은 위안이 되기는 하였지만, 여행을 다음 기회로 미루고 싶은 생각은 없었다.

아들을 찾아 먼 여행을 떠나는 일은 이번 방학에 실행해야 하는 일 중에서도 아주 중요한 부분을 차지했다. 한 학기 동안 어린 학생들과 함께, 대학원 공부에 푹 빠져 있다가 떠나는 여행은 찬란한 개혁이고, 어떤 의미에서는 반란이고 기적일 수도 있었다.

김 선생은 기를 통해서 민주의 삶과 몸의 형편을 읽을 수 있다고 하였다. 이를테면 한 생명체가 그냥 시들어 죽어가는 모습을 두고 볼 수 없어서, 한마디로 너무나 가엾어서 부처님께서는 자비를, 하나님께서는 은총을 내리신 거라고 했다. 그래서 김 선생 자기도 만나게 된 거라며 논리를 비약시켰다. 악성 빈혈 증세에도 불구하고, 6개월에 걸쳐 공부할 수 있을 만큼 민주의 건강이 유지됐다는 사실이 그렇다는 것이다.

"제발이지 기존 관념, 기존 틀에서 벗어나세요!"

기존 관념, 기존 틀에서 벗어났으니 늦은 나이에 대학원 공부로 방향을 튼 것 아니겠어. 하, 참! 어지러운 말과 말. 그녀는 김 선생의 충정 어린 말을 가을밤의 시 낭송처럼 긍정적으로 되새겼다.

고슬고슬한 쌀밥에 잘 익어 곰삭은 돌산갓김치를 얹어 점심밥을 먹고 긴한 얘기를 더 나누었다. 그녀는 김 선생의 말을 유념했다. 김 선생이 지시한 내용 그대로.

'차민주, 고단하지? 미안해. 하루도 쉬지 않고 끌고 다녀서 정말 미안하고 고마워.'

그녀는 몸의 모든 부위와 기관에 대고 차분하게 양해를 구했다. 김 선생은 늘 몸을 객관화시켜서 감사하는 습관을 가지라고 당부했다.

상담을 마친 후 방배동 미용실에 갔다. 기왕 강남으로 건너

왔으니 온 김에 당연히 머리도 정리해 주어야만 했다. 머리를 시원하게 자르고 미용실에서 나온 그녀는 남대문시장으로 갔다. 여름철 여행에는 여러 벌의 속옷이 필요할 것이었다.

그녀의 몸은 땀과 비에 척척하게 젖어서 감기 기운으로 벌겋게 달아올랐다. 오늘 할당된 체력이 한계점에 도달했음을 고지해주는 증상이었다. 그녀는 속옷 몇 가지를 산 다음 지하철 3호선으로 갈아탔다. 빈자리에 앉자 몸이 부서질 듯 아파왔다. 발바닥도 얼얼하고 퉁퉁 부어 있었다.

어떡하지? 종로에도 못 나갈 변변찮은 신체로 여행을 가다니, 이건 자기 학대가 아닌가. 자신이 생각해도 납득할 수가 없었다.

아들 욱旭과 헤어진 건 그해 크리스마스 즈음이었다. 대한민국에 거주하는 서민들 대다수가 안 되는 일의 빌미를 거의 대부분 IMF로 돌리던 유독 추운 겨울이었다. 미국에서 건축 공부를 마치고 5년여 만에 귀국한 아들은 국내에서 쉽게 안정을 찾지 못하는 눈치였다. 욱은 귀국한 지 1년이 채 안 되어서 해외로 직장을 구해 떠나고 말았다.

그녀는 척추수술 후유증이 심한 상태여서 대문 밖에 나가 보지도 못하고, 자리에 누운 채 아들과 작별하였다. 그게 벌써 6년 전의 일이었다. 그 아들을 만나러 가는 것이다.

새로운 날의 새로운 생활의 기쁨, 기쁨의 발견. 그녀는 집을 나서면서 자신에게 힘을 실어주기 위해 나름대로 마인드 컨트롤을 한다. 바쁘게 학교를 오고 갈 때는 미처 느끼지 못하던 외로움이 빗물처럼 스며들었다.

안국역에 이르렀을 때 시인 친구가 전화했다. 점심 같이 하자고. 그녀는 곧 여행을 떠나게 되어 강남까지 갈 수 없다고 말했다. 그 말을 하자 다시는 돌아오지 못할 지극히 먼 곳으로 가는 사람처럼 슬픔이 밀려왔다.

점심을 먹으러 멀리까지 가느니 조계사 법당에 오래도록 앉아 있다 오겠어. 녀석이 대입시험을 준비할 당시 저녁마다 와서 백팔 배를 드렸던 곳이니, 감회가 있을 것 아닌가.

그녀는 조계사 안으로 걸어 들어갔다. 오백 년의 나이테를 사랑하는 회화나무의 큰 등치가 친정집으로 들어가는 어구에 서 있는 느티나무처럼 미덥게 다가왔다. 법당에서는 지장재일 재를 올리는 중이었다. 다른 날에 비해 신도 수가 더 많고 강당 안이 빽빽했다. 스님의 염불소리가 높지도 낮지도 않게 이어지는 가운데 신도들은 합장을 하거나 절을 올리고 있었다. 그녀는 부처님께 삼배를 한 다음 법당을 나와 대웅전 앞의 탑을 돌기 시작했다. 밀교학 시간에 강의 들은 바와 같이 인도에서 대승불교 운동이 일어나면서 성행하게 된 불탑신앙에 대한 생각이 떠올랐다.

집으로 돌아오는 전철 안에서 그녀는 동창 친구의 전화를 받는다.

"어디 있니? 점심 같이 먹고 얼굴이나 한 번 더 볼 걸."

그녀는 눈물이 또 났다. 이 친구는 이상하게도 그녀의 마음을 꿰뚫고 있었다. 극도로 마음이 허전하거나 슬플 때, 어김없이 전화가 오곤 했다. 꼭 고향산천 등지고 외지로 돈 벌러 가는 사람처럼 그녀는 울보가 돼 있었다.

비가 쏟아졌다. 아니 비는 어제도 그제도 항상 내리고 있었다. 장마철이 지나갔다고 TV 뉴스에서는 연거푸 방송을 했지만 장마는 계속되었다. 일기예보와 상관없이 비가 내렸으며, 찌고 무덥고 제멋대로였다. 오후가 되자 빗줄기는 더욱 거세졌다.

빗속을 뚫고 인천공항을 향해 달려갔다. 차민주 여사가 미국행 대장정의 첫발을 내딛는 순간이었다. 산모처럼 눈이 부석부석 부은 그녀는 장시간 여행이 은근히 부담스러웠다. 한편으로는 어린 소녀처럼 가슴이 설레기도 하였다. 떠난다는 것, 움직인다는 것은 어쨌든 스릴이 있었다.

KAL의 '한가족 서비스' 목걸이를 부착한 탓에 게이트 47까지 누구보다 먼저 도착할 수 있었다. 모르는 것이 있을 때는 자꾸 묻고 도움을 요청하는 것이 현명한 처사 같았다.

그녀는 불현듯 「나무꾼과 선녀」라는 우리나라 전래동화를 기억했다. 아이를 셋이나 낳고 오순도순 살림 살던 선녀가 어느 날 하늘에서 내려온 두레박을 타고 하늘로 올라가는 것과 비슷한 기분이 들었다. 그녀에게는 남겨두고 떠날 그 누구도 없지만.

LA까지 근 열 시간이나 그녀는 깊은 잠을 잤다. 아들과 만날 수 있다는 희망은 그녀를 편안하게 했다. 새로운 태양이 떠올랐다. 아니, 새로운 날 속에 그녀가 새롭게 편입된 것이나 다름이 없다. 비행기의 손바닥만 한 창으로 파란 하늘이 보이자 그녀는 기뻐서 고함이라도 지르고 싶었다.

LA공항에 도착했다. 트랩을 내려오며 그녀는 미국의 햇살에 눈이 부셔 줄곧 밑으로 시선을 떨구었다. 햇살의 밝기가 비가 오는 땅에서 출발한 그녀에게 색다르게 보였다. KAL 직원 한 사람이 그녀에게 다가와 인사를 한 후 짐을 찾아다 카트로 옮겨 실었다. 그가 그녀의 짐을 발송해주고 나서 자기 자리로 돌아갔다. 초행인 그녀는 불안하거나 긴장하지 않았다.

전화를 해봐? 그녀는 수첩을 꺼냈고, 공중전화 부스로 걸어갔다. LA에 머물러 며칠 동안이라도 아들을 수소문해야 할 것인지, 내친 발걸음에 과테말라로 가야 하는지 얼른 결정을 내릴 수가 없었다. 아들이 LA에서 과테말라로 들어왔다는 소식은 진즉에 듣고 있었다. 그렇다고 과테말라에 머물고 있다는 확신도 서지 않았다. 통화는 짧게 끝났다. 일단 과테말라로 들어오라는 말인 듯했다.

그녀는 매점으로 가서 생수 한 병, 초콜릿과 육포를 산 다음, 활주로가 보이는 전망 좋은 곳으로 갔다. 넓은 공간이 마음에 들었고, 큰 비행기가 내려앉은 모습이 환하게 트인 창문을 통해서 잘 보였다. 스페인계로 보이는 한 가족이 음식을 차려놓고 먹고 있고, 그 옆에는 카드놀이를 하는 사람들이 둥그렇게 모여 앉아 유쾌하게 떠들고 있었다.

갑자기 덩치가 큰 현지 경찰관들이 나타났다. 그들은 사람들에게 공항 건물에서 당장 나가줄 것을 요구했다. 안내방송도 계속 흘러나왔다. 공항 지하에서 폭발물이 발견됐다는 내용 같았다.

그녀는 재빨리 KAL 직원들을 따라 건물 밖으로 이동했다. 공항 광장에는 순식간에 세계 각국의 인종들이 운집하게 되었다. 저마다 가방을 들고 있었고 맨손인 사람은 없다. KAL 직원들은 광장을 가로질러 다른 건물로 들어갔고 엘리베이터 옆의 공간에 끼어 앉았다. 얼마간 시간이 흐른 다음 KAL 직원들은 방송을 듣고 카운터로 돌아가려고 한다. 그녀가 따라나섰다. 흑인 경찰이 우뚝, 막아서며 제지했다. 하늘은 점점 어두워지고 광장의 수많은 인파는 여전히 서서 대기했다. 공항의 밤바람은 공포감까지 가세해 몹시 차게 느껴졌다.

시간이여 흘러라. 폭발물 소동이여 끝나라. 그녀는 체념하듯 눈을 지그시 감은 채 조용히 외쳤다. 미국은 9·11 테러 사건 이후 폭발물 위험에 당면했다는 사실을 그녀는 실감했다.

"동요하지 말라!"

공항청사로 들어오라는 말 대신 동요하지 말 것을 당부하는 안내방송이 이어지고 있었다. 고립무원의 경지였다. 그녀는 묵묵히 견뎌내고 있었다. 말도 몰라, 길도 몰라, 밤은 깊어, 그야말로 3중고였다. 암흑의 시간이 두 시간에서 삼십 분이나 더 흘러서야 앞에서부터 사람들이 술렁술렁 움직였다. 그녀는 사람들 틈을 뚫고 처음에 왔던 곳으로 복귀했다. 밤 열 시였다.

KAL 직원이 다가왔다. 그녀는 노 제이슨이라는 미국계 한국인 아르바이트 대학생이 구세주처럼 반가웠다. 노 제이슨의 안내로 TAKA 항공으로 빠르게 이동했다. 그의 안내가 아니라면 엄두도 낼 수 없게 이동 거리가 꽤 멀었다. 영어와 스페인어가 유창한 노 제이슨은 민첩하고 친절했다. 그는 다음에 올 때도 자기를 찾아달라며 명함을 주었다.

다시 또 긴 시간을 대기했다. 그녀는 지칠 대로 지쳐 있었다. 마침내 순서가 왔다. 프런트 여직원이 그녀에게 다가와 비행기 표를 보자고 했다. 직원이 프런트로 가더니 19D를 2A로 바꾼 표를 가지고 왔다. 이유는 알 수 없다.

끝없는 기다림의 시간이 이어졌다. 예쁜 소녀가 다가와 그녀에게 말을 걸었다. 소녀는 엘살바도르에 살고 있으며, LA에 왔다 가는 길이라고 했다. 열한 살 정도의 소녀는 배낭을 열고 LA에서 찍은 사진을 보여주면서 각종 손짓과 제스처로 설명했다. 붙임성 있고 귀여운 소녀였다. 소녀의 모친인 듯한 따뜻한 눈빛을 가진 우아한 여인도 그녀에게 친밀감을 보였다. 사진 속의 남자는 엄마의 남자친구라고 했고 소녀의 아빠는 돌아가셨다고 하는 것 같았다.

    콜로라도의 달 밝은 밤을 나 홀로 걸어가네
    반짝이는 은물결 금물결 처량한 달빛이여
    콜로라도의 달 밝은 밤을 걷는 마음 쓸쓸해

TAKA 888기가 이륙하기 시작하자 그녀는 몸과 마음이 가뿐해지는 것을 느낄 수 있었다. '콜로라도의 달밤'은 무사히 긴 여정을 진행하고 있는데 대한 감사의 노래였다.

깜박 또 잠이 들었고, 눈을 떠 보니 새벽하늘의 성층권이 비행기 날개 아래 펼쳐지고 있었다. 장엄했다. 신비로웠다. 연두색 또는 미색의 하늘나라를, 다음엔 거대한 빙하와 백설의 세계, 환상의 구름밭을 볼 수 있었다. 마침내 세계지도에서나 봐왔던 과테말라의 고요한 아침이 활짝 기지개를 펴고 다가왔다.

경이, 감탄, 순수, 전설 같은 낱말들이 시야 끝까지 가득 넘쳐흘렀다. 홀린 듯 그것들을 주시했다. 그녀는 드디어 시골 간이역처럼 한가로운 과테말라의 라 아우로라(LA AURORA) 국제공항에 도착한 것이다.

"어머님! 여깁니다."

사십 대 초반으로 보이는 몸집이 그리 크지 않은 한 남자가 그녀에게 조심스럽게 다가왔다. 아들과 같은 회사에 근무했다는 조석구였다.

"오시느라고 고생하셨죠?"

"네. 안녕하세요? 이렇게 나와 주서서 고맙습니다."

"어머님! 별 말씀을?"

"우리 아들 이 나라에 지금 없습니까?"

그녀가 제일 궁금한 사항이었다.

"네! 알고 계시겠지만, 미스터 홍 여기 없습니다."

조석구에게 그 말을 듣자 L.A 공항에서 만난 엘살바도르 소녀의 귀여운 얼굴과 '콜로라도의 달밤'이 무색해진다. 오는 동안 잊고 있던 어지럼증도 슬슬 재발하려고 꿈틀거렸다.

"LA에서 이 나라로 온 게, 그게 언제였다고 했어요?"

LA에서 전화할 때 잘못 알아들었나 해서 큰 소리로 물었다.

"아마 두 달 정도 됐습니다."

조석구가 갈색 미니 밴에 그녀의 짐을 옮겨 실으며 대답했다.

과테말라시티엔 히말라야시다 가로수가 줄을 이었다. 칙칙하고 갈앉은 듯한 가도를 달려갔다. 한국의 대구 지역에 히말라야시다 가로수길이 있다. 그 나무가 대구에서는 엄숙이나 위엄이라면, 과테말라에서는 무거움과 어두움의 상징처럼 보였다. 도로변의 낡은 건물과 함께 그것은 그녀 자신의 현재 마음의 표상 그대로였다.

조석구의 미니 밴은 어느덧 해발 1,500미터에 위치한 고산지대의 고급 빌라촌을 향해 힘겹게 오르고 있었다.

"저는 한때 LA에서 미스터 홍과 같은 회사에서 일했습니다. 지금은 이 나라로 나와서 독립을 했지요."

조석구가 뒷좌석으로 몸을 돌려 그녀에게 명함을 주었다. 한쪽 면은 영어로, 한쪽 면은 한글로 조석구라는 이름이 눈에 들어왔다.

"미스터 홍은 LA로 떠났습니다. 한바퀴 돌고 오겠다고 했습니다. 그동안 돈도 꽤 많이 벌었는데 교포들하고 동업을 하다가 손해를 좀 많이 본 모양입니다. 곧 돌아올 겁니다. 안심하시고, 일단 저의 집으로 모실 테니 다른 염려는 하지 마십시오."

LA에서 과테말라로, 과테말라에서 다시 LA로 간 아들에게 무슨 피치 못할 사연이 있는지 그건 나중 일이고, 당장은 머물 곳이 문제였다.

"여깁니다. 내리시죠!"

짙은 남청색 철 대문 앞이었다. 조석구가 차에서 가방을 내려 어깨에 메고 성큼성큼 현관 안으로 들어갔다. 큰 개 한 마리가 짖어대며 그녀에게 달려들었다.

"어서 오세요, 어머님!"

조석구의 부인인 듯한, 롱스커트의 젊은 새댁이 다가와 그녀의 팔을 이끌었다.

"고맙습니다. 초면에 미안합니다."

집은 평수가 제법 넓었다. 거실을 꾸민 솜씨도 중상류 이상이었다. 주방으로부터 피부색이 까만 뚱보 여자가 나오더니 식탁에 라면 접시와 김치를 놓았다. 그녀는 어리둥절하다. 식탁에 앉았지만 너무나 피곤해서 견딜 수가 없다.

"일하는 아줌마가 서툴러서 음식이 이래요. 드시고 나서 잠 좀 주무세요. 저희들은 회사에 나가봐야 하거든요."

조석구 부부는 앞서거니 뒤서거니 서둘러 밖으로 나갔다. 라면은 볶았는지 물기라곤 없이 **빳빳한** 것이 먹을 수가 없다. 냉수 한 컵 마시는 걸로 식사를 대신하고 그녀는 2층으로 올라갔다.

넓고 깨끗한 방에 침대와 책상, 옷장과 화장대가 놓여 있었다. 살림 형편이 윤택해 보여 안심은 되었다. 살림이 윤택하다고 한들 이들은 남이 아닌가.

어찌한다? 해인사 선방으로 갈까? 무슨 수행이 얼마나 더 부족하여 여기까지 와서 아들을 못 만나는 걸까? 궁리하고 또 궁리해도 그녀의 어지러운 머리에서는 묘안이 떠오르지 않았다.

침대에 누웠다. 드넓은 창밖으로 흰구름이 두둥실 떠가는 것이 보였다. 서울에 비해 하늘의 푸름이 두드러지는 것 같고, 하도 깨끗하고 맑아서 서늘해 보였다. 날이 어두워지는 것도 모르고 대한민국에서 온 차민주 보살은 쿨쿨 잠이 들었다.

"어머니, 잡숴 보세요!"

조석구의 처가 망고와 아보카도, 파파야를 큰 쟁반에 잔뜩 담아가지고 2층으로 올라왔다. 열대과일이 싱싱하고 맛도 좋았다. 젊은 새댁답게 분홍색 에이프런을 입은 모습이 앳되고 사랑스러웠다.

"좀 이따가 일본인 집에 함께 가셔요. 미스터 홍 어머님께서 오셨다고 했더니 어머님 모시고 환영파티를 열어 주신다고 하셨어요."

젊은 새댁이 분주하게 왔다갔다하면서 조석구에게 어서 옷을 갈아입으라고 채근했다.

"그 일본인이 누구냐 하면, 미스터 홍이 한때 미국 회사에
근무할 때 바이어로 알게 된 것 같습니다. 미스터 홍과는 누구
보다도 각별한 사이였고…"

조석구의 설명이 길어질 기미가 보이자 새댁이 눈빛으로
얼른요! 하는 듯이 남편을 돌아보았다.

"그 일본인은 이 나라에 와서 많은 돈을 벌었는데, 통역은
말할 것도 없고 미스터 홍의 도움을 많이 받았다고 해요. 어머
니께서도 가보시면 아시겠지만 그 일본 사람이 썩 젠틀해요."

그녀는 자의 반 타의 반으로 조석구의 미니 밴에 탔다. 조
석구는 그녀에게 일본인 집에 가면 그라샤(gracias)! 라고 말
하라고 했다. 얼마 후 일본인의 저택에 다다랐다.

오십 대 중반쯤으로 보이는 키가 큰 남자가 그녀에게 다가
와 손을 내밀었다.

"그라샤!"

조석구가 일러준 대로 민주는 그라샤를 외쳤다. 그녀는 일
본인 남자에게 손을 잡힌 채 실내로 안내되었다.

앞마당에는 열대지방의 희한한 꽃나무들이 무성하게 그늘
을 드리우고 있었다. 파초로 숲을 이룬 곳에는 잘 손질한 잔디
가 외등 밑에서도 파랗게 빛을 뿜었다. 외등을 켜기에는 이르
다 싶은 시간이었지만 외등 때문에 정원의 나무와 화초들이
한결 생생한 느낌을 주었다.

"어머니! 일본말 좀 할 줄 아세요? 영어는요? 스페인어 는?"

조석구는 무엇이 그처럼 신이 나는지 그녀에게 자꾸 말을 시켰다.

황금색 비단으로 싼 소파는 푹신하고 편안했다. 벽에는 풍경화 등 많은 그림과 장식물이 보였다. 온 집안에 근사한 요리 냄새가 그리움처럼 번져가고 있었다.

"마리아치(mariachi소규모노래 팀)를 초대했다고 하네요. 이곳 풍습으로 치자면 이건 굉장한 환대랍니다. 어머니 맘 기쁘게 해드리려고 일부러 그들을 부른 것 같아요."

젊은 새댁은 덩달아 즐거운지 그녀에게 다가와 귓속말로 속삭였다. 제복을 입은 남자들이 자그마치 여덟 명이었다. 그들은 각자 기타, 아코디언, 바이올린, 플루트 등의 악기를 연주하며 거실 가운데로 나와 노래를 불렀다. 환영식치고는 좀 이색적이고 과분하다는 생각을 가지지 않을 수 없었다.

포도주, 소주, 맥주 등 술에 이어 스페인식 요리들이 큰 접시에 담겨 연속 나왔다. 이웃 손님으로 의사 부부와 일본인의 회사 직원, 그리고 조석구 부부와 현지 출신의 다른 부부들이 자리를 함께했다.

일본인은 그녀의 손을 잡고 마리아치의 흥겨운 노래에 머리를 끄덕끄덕하며 장단을 맞추었다. 그 자리에 모인 이들 모두 즐거운 듯, 앉은 채로 몸을 흔들고 있었다. 흔히 볼 수 없는 품격있고 고급스러운 환영파티였다.

밤 깊어 돌아오면서 그녀는 눈물이 났다. 처음 보는 사람들의 정성과 환대에 아들을 향한 그리움은 시간이 흐를수록 그 도를 더해갔다.

"사람을 잘못 만나 큰 손해를 본 끝이라 머리라도 식힐 겸 떠나지 않았을까, 추측은 그렇습니다. 미스터 홍이 무슨 일이든 잘못을 저지를 그런 사람은 아닙니다. 저 일본 사람도 수소문하는 대로 연락 주겠다고 했습니다."

돌아오는 차 안에서 조석구는 그녀를 안심시켰다.

"그래요. 기왕 오셨으니까 관광도 좀 다니시고, 마음을 넓게 가지세요."

조석구의 처가 남편의 말을 거들었다.

해가 중천에 떠올랐다. 민주는 잠에서 헤어나지 못했다. 먼 데서 닭이 울었다. 흰 구름이 파란 하늘에 소담한 그림을 그리고, 창밖으로 보이는 아랫마을 경치 또한 한가롭고 정다웠다. 척척 늘어진 야자수 나무와 파초 나무가 어디를 가도 풍성한 나라에서 그녀는 조석구 부부가 출근하고 나면 잠을 자거나 책을 읽었다. TV를 보아도 무슨 소린지 들리는 것도 없고 답답했다. 뚱보 아줌마와 대화가 성립되지 않아 무료했다. 몇 날을 그렇게 지냈다.

"그동안 심심하셨죠? 이 나라에 오시면 젤 먼저 가보실 데가 있거든요. 오늘에야 제가 시간을 냈어요. 저하고 안띠과에 가서요."

조석구의 처가 직장 일을 하루 쉬고 그녀를 위해 시간을 냈다고 했다. 가상했다. 아침 일찍 안띠과를 가기 위해 나섰다. 스페인 식민지 시절에 이백 년 동안이나 과테말라의 수도였다는 안띠과에는, 16세기경에 지은 교회와 주요 건축물이 많다고 들었다. 민주로서는 이처럼 빨리 그곳에 가게 될 줄은 예상도 못한 일이었다.

"아드님 보고 싶으시죠? 저희도 이 나라에 와서 만난 한국인 중에서 미스터 홍만큼 믿음이 가는 사람 드물어요."

차량 통행이 드문 길로 조심조심 차를 몰면서 새댁은 그녀를 위로했다.

"누구나 처음에 오면 먼저 와 있던 교포들에게 거의 당한다고 해요. 이 나라 물정을 잘 모르니까 우선은 그 사람들을 믿을 수밖에요."

"우리 아들한테 손해를 입힌 사람들, 아직 이 나라에 있습니까?"

"아니요. 미스터 홍이 찾으러 다니는 거 알고 허둥지둥 도망갔어요."

해발 1,520M의 산으로 둘러싸인 아름답고 고요한 고도 안띠과에 도착했다. 미국 사람들의 별장지대와, 곳곳에 몇백 년의 수령을 자랑하는 거대한 후간빌리아 숲이 펼쳐졌다. 후간빌리아는 남미인들의 열정적인 풍모를 나타내듯 몸체가 거대하고 꽃 색깔은 귀족적이랄까, 무척 아름답고 화려했다.

과테말라가 중앙아메리카의 중심지로 번성해가다가 지진으로 인하여 도시 대부분이 무참하게 파괴되고 매몰되었다는 안띠과의 첫인상은 그녀에게 두려움 그것이었다. 그러나 안띠과는 남아메리카 대륙의 기념도시로서 전 세계의 관광객들이 줄을 이어 찾아온다고 했다.

"유네스코에서 이곳을 세계문화유산으로 지정했거든요!"

새댁은 큰 성당 앞에 차를 세워두고 음악 소리가 질펀히 흐르는 곳으로 갔다. 그곳은 야외부대였다. 그 음악 소리의 색채는 새빨간 정열이었고, 분위기는 낭만이었으나 애조를 띠었다. 템포는 빠르고 경쾌했다. 전체적인 흐름은 호소이면서 비원 같은 것이 느껴졌다.

세계 각국에서 몰려온 관광객으로 겹겹이 원을 이룬 그 중앙에서 니콰라과 무희가 나비처럼 사뿐사뿐 춤을 추고 있었다. 저마다 손뼉을 치면서 혹은 야유를 던지면서, 니콰라과 무희의 새하얀 드레스 자락을 지켜보았다.

거리 곳곳에 스페인어 학원이 많이 있고, 모든 건물들의 높

이는 지진을 염두에 둔 듯, 대개 나지막했다. 중후하고 위엄이
있었다. 어느 곳을 둘러보아도 유적지다운 고즈넉함이 물씬
풍겼다. 보도는 사각의 검은 돌길로서 장중한 멋이 났다. 뜨거
운 태양을 이고 그 검은 돌길을 걸어가는 관광객들의 모습은
과테말라시티에 비해 훨씬 활기가 있었다.

"뭐좀 드실까요?"

새댁이 과테말라 사람들의 주식을 주문했다. 옥수수 가루
로 부쳐낸 전병에 삶은 팥 같은 것을 넣고 돌돌 말아서 계란프
라이와 함께 먹으니 고소했다. 새댁이 능숙하게 말아 그녀에
게 주었다.

"담백하지요? 여기 사람들 우리가 먹는 쌀밥, 라면 아주 좋
아해요."

"오! 그래요?"

"저는 한국보다 우선 돈 버는 게 나으니까 이곳에 살고 있
지만 어머니 가실 때 저도 가고 싶어요."

망고 주스는 어떤 음료수와도 비교가 안 될 정도로 맛이 독
특했다. 천연의 열대과일이 풍부한 나라로서 화학첨가물이나
인공감미료, 방부제 등을 전혀 사용하지 않은 듯 순수했다.

"신랑이랑 재미있게 잘 살면서 무슨 소리?"

"사실은 제가 애를 못 낳아요. 돈만 잘 번다고 행복한 건 아
니잖아요."

그녀는 한국을 떠나와 이곳에 살면서 줄곧 마음속을 터놓을 상대가 그리웠노라고 고백했다. 그녀를 처음 만났을 때 친정어머니가 환생하여 돌아온 것 같아 안도했다고 고백했다.

"저의 어머님은 제가 여섯 살 되었을 때 그러니까 초등학교도 들어가기 전에 돌아가셨어요. 외할머니께서 저를 길러 주셨는데 제가 여상을 졸업하던 해에 외할머니마저 돌아가시고…"

그녀의 한국에 돌아가고 싶다는 얘기는 뜻밖이었다.

식당에서 나오니 한낮의 태양이 강렬하게 쏟아져 내렸다. 일찍이 한국에서는 볼 수 없는 해맑은 빛, 그 빛 한 가닥 한 가닥마다 찬란하고 황홀했다.

지진이 일어나기 전까지 대학교였다는 건물을 비롯해서 민예품, 고가구점, 전통의상, 보석 가공소, 카페 등을 차례차례 둘러보았다. 정교하고 섬세한 장인의 솜씨가 엿보이는 것들도 눈에 많이 띄었다.

지진으로 매몰된 성당의 지하 현장에 갔다. 예수님상을 중심으로 촛불 행렬이 가득했다. 너무나 음습해서, 너무나 캄캄해서, 머리칼을 늘어뜨린 귀신 무리들이 불쑥 솟구칠 것만 같았다. 1972년 그리고 1976년의 엄청난 지진 대참사가 일어나던 당시 하나님은 어디에 계셨던가. 전지전능하시고 무소부재의 하나님은 누구의 하나님인가. 과연 신은 존재하는가. 그는 인간에게 무엇을 주는가.

숱한 생명이 희생된 현장을 둘러보는 관광객들의 표정이 그리 밝아 보이지 않았다. 야외무대에서 스페인풍의 명랑한 음악 소리가 안띠과 시 전체를 뒤흔들어도 전반적으로 음울한 분위기였다.

"기념될 만한 것 뭐 좀 살까요?"

그들은 그림엽서 파는 가게로 갔다. 지나가는 사람들 중에 덩치 크고 잘생긴 외국인을 보면 아들인가 싶어 민주는 걸음을 멈추었다. 아들은 키가 훤칠하고 피부색은 대체로 희고 깨끗했다. 엽서는 안띠과의 성당, 화산, 마야유적지 띠깔이며 아띠뜨랑 호수 등 여러 지역의 뛰어난 경관이 마음을 끌었다. 그녀는 엽서를 한 묶음 샀고, 새댁과 함께 검은 돌길을 걸어 차 세워둔 곳으로 갔다.

"아이를 못 낳으니까 돈이라도 벌자, 그래서 지금 남편을 만나 여기까지 온 거예요."

"그럼 그 소년은 누구였어요?"

그녀가 처음 오던 날 현관에 서 있던 중학생 또래의 소년을 떠올렸다. 새댁과는 어떤 사이인가. 남매간? 아니면 조카인가? 하고 속으로만 생각했다.

"남편의 전처가 낳은 아들이죠. 그애 엄마가 사고로 일찍 갔나봐요. 그애가 저를 얼마나 애먹이는지 몰라요. 학교도 안

가고…"

"저런!"

"돈은 여기서 종업원들 월급 주고 웬만큼 벌어요. 미스터 홍도 잘 알지만 이곳 사람들이 순박한 데가 있어요. 좋은 점이 많은 곳이에요."

차창 밖으로 멋지게 쭉쭉 잘 자란 야자수가 휙휙 지나갔다. 새댁의 사연을 그녀는 관심과 애정을 가지고 들어주었다.

"차민주 집사님! 지금 댁으로 모시러 갑니다."

S 집사의 목소리엔 생기가 담뿍 실려 있었다.

그녀는 『나무묘법연화경』 그중에서 「안락행품」과 「관세음보살보문품」을 중점적으로 읽었다. 그녀의 경 읽기는 아들이 어디에 있건 관세음보살님의 가피를 받고 안락하게 거하게 해달라는 염원이 내포돼 있었다.

경전을 읽다가 자신도 모르게 눈물이 줄줄 흘러내려 주먹으로 눈물을 훔쳤다. 눈물 속에 아들의 어릴 때 얼굴이 보였다. 초등학교 4학년 아들은 빗줄기가 억수같이 퍼붓는데 신문 배달을 하러 갔다. 새벽 세 시면 여름철이라 해도 이른 새벽이었다. 눈이 오고 바람이 불어도 하루도 거르지 않고 아들은 그일을 몇 년이나 계속했다. 월말에는 신문 배달을 해서 받은 월급 전액을 봉투째 그녀에게 주었다. 독립심이 투철한 아들이었다.

"새댁한테 대강 들었어요. 차민주 집사님께서 얼마나 애간장 타들어 갈지. 저도 자식 키우는 사람인데 그걸 왜 모르겠습니까. 두 시간쯤 있다가 C 전도사님하고 차로 모시러 갈 테니까 준비하이소. 마, 다 털어버리시고 훌쩍 떠나봅시다."

S 집사는 어디를 왜 가는지는 설명하지 않았다.

그녀는 집사님이라는 호칭이 새삼스러웠다. 집사 직분을 받고 연희동 골목을 누비고 다니며 교회 소식지를 집집마다 넣어주는 열심 있는 성도였다. 지금은 아니다. 한국 불교의 본산지라고 할 수 있는 D대학교 대학원에서 본격적인 부처님 공부를 하고 있는 것이다. 그녀의 집안은 본래 불교 신앙이었다.

그녀는 과테말라의 한국인, 할렐루야들과 어울리지 못할 것도 없지만 그들 편에서 보면 민주는 우상 종교를 믿는 마귀 사탄이었다. 그녀는 예사 마귀가 아닌 마귀 대장이나 마찬가지일 터였다.

"기왕 오셨으니까, 더구나 글을 쓰시는 분인데 여기저기 돌아보고 가셔야죠."

새댁은 신명이 나 있었다.

S 집사는 그녀 한 사람의 영혼을 구원하기 위해 가게 문을 닫고 종업원도 귀가 조치했다는 것이다.

"이것은 하나님께서 시키시는 일이라서 안 한다 소리 못합니다. C 전도사님께서도 차민주 집사님을 위해 기꺼이 시간을 내셨으니 그리 아시고 나오십시오."

빵빵!

잠시 후 자동차 소리가 났다. S 집사가 나타났다.

"안녕하셨습니까? 처음 뵙겠습니다."

얼굴빛이 희고 키가 큰, 귀족적인 풍모의 C 전도사와 단정하고 깔끔한 인상의 목사 사모님, 그리고 경쾌한 나들이 차림의 S 집사가 그녀에게 다가왔다.

"초면에 이렇게 폐를 끼쳐서 되겠습니까?"

그녀는 염치를 차리고 싶었다.

"일단 떠나십시다. 차 집사님 마음이 얼마나 아프시겠습니까?"

"하나님께서 역사하고 계십니다. 하나님께서는 절대로 차 집사님을 포기하지 않으십니다."

"아드님이 떠나고 없는 이곳에 오신 뜻이 있습니다. 모든 걸 하나님께 맡기세요."

그들은 청중 앞에서 설교하듯 단호한 어조로 말했다. 아들을 찾아 이 나라에 온 그녀에 관한 소식이 한국인 교회에 곧바로 전해졌음이 분명했다. 그것은 교포사회의 특징이었다. 또한 교포들의 최대 관심사이기도 했다. 아들 떠난 곳에 도착한 모친의 애절한 사연이 그들의 신앙심에 불을 지핀 것이다.

C 전도사는 이곳에서 대학과 대학원까지 마친, 이를테면 친 과테말라 기독교인이었다. C 전도사는 민주를 운전석 옆에 앉게 한 후 과테말라의 역사를 풀어나갔다.

"마야인은 본래 아시아인이구요. 마야 문명은 고조선부터 있었어요. 마야인들도 우랄 알타이족처럼 몽골 반점을 갖고 태어나요."

달리는 차 안에서 듣는 과테말라의 역사 강의는 매우 진지했다.

"마야인들 처음엔 하나님 잘 섬겼어요. 그러다가 땅신, 해신, 동물신, 나무신으로 쪼갰거든요. 그래서 하나님께서 진노하셔서 안띠과를 두 번이나 치신 거예요. 차민주 집사님도 안띠과에 가보셔서 아시겠지만 그때 지진으로 얼마나 많은 목숨이 희생된 줄 아십니까?"

C 전도사의 목소리에 울분과 격함이 배어 나왔다. S 집사의 표정도 비장한 쪽으로 바뀌어갔다. 안띠과의 비극은 누구도 외면할 수 없는 역사적인 현실이었다.

"차 집사님도 하나님을 떠나셨지요?"

C 전도사가 힐책하듯 그 점을 강조했다.

어디를 둘러보아도 옥수수며 사탕수수밭이 너르게 푸르게 산등성이를 가득 채우고 있었고 유난스러울 정도로 그것들의 잎새는 자르르 윤기가 흘렀다. 점점 높은 산들이 나타났고 거기서는 구름도 숲도 옥수수밭도 저 아래로 내려다보였다. 구름나라를 지나 초원의 나라로 진입하고 있었다. 이곳은 온통 푸름뿐이었다. 차는 열대림 속으로 빠르게 달려갔다.

C 전도사의 과테말라학 강의와 살아계신 하나님에 관한 이야기, 그리고 농약이나 비료를 전혀 사용하지 않는 옥수수, 커피, 사탕수수, 각종 과일, 사탕무, 브로콜리 등, 과테말라의 농산물 예찬을 듣는 동안 창밖엔 어둑어둑 땅거미가 내리고 있었다. 멀리 달려온 것이었다.

"하나님께서는 저를 한시도 쉬지 못하게 하십니다. 밀알은 썩어야 하니까요. 하나님께서 저를 도구로 사용하신다는 것을 알면 겸손해집니다. 영적 충족이 먼저라고 느끼니까 이렇게 차민주 집사님을 모시고 나선 것입니다."

"바쁘실 터인데 이처럼 배려해주셔서 정말 감사합니다."

그녀가 OO교회를 다닐 때 C 전도사와는 그 유명한 J 목사님 설교를 함께 들은 인연이 있었다. C 전도사의 설명이 잠시 멎자 그녀는 눈을 들어 창밖을 바라보았다. 사탕수수밭 너머로 구름 무더기가 둥실 떠 있었다. 그 구름 속에 그녀도 함께 있는 듯, 천국행 열차를 탄 기분이었다.

C 전도사의 역사 강의가 재개되었다. 스페인의 침략으로 말미암아 과테말라는 외국인이 판치는 나라가 되었다. 원주민은 자연히 그들의 노예가 되거나 식민지 문화를 견디지 못하

고 도시에서 시골로, 호숫가로 쫓겨갔다. 최고의 경관을 자랑하는 아띠뜨랑 호수 저 멀리 떠돌다가 열두 부족으로 흩어져 살게 되었다.

민주는 일제 식민지 시대 우리 민족이 만주지방으로 혹은 간도로 쫓겨가던 슬픔을 보는 것 같아 가슴 복판이 싸하게 아파왔다.

열두 부족으로 흩어진 현지인들은 본토어를 사용하고 부족별로 문양을 새겨 민족 고유의 의상을 입는다. 그 속에는 종족 보존의 강한 열망과 목적이 숨겨져 있다. 식민지 상황에서 혼혈로 인하여 민족성이 점점 희박해지고, 그들의 고유문화가 사라지자 짬뽕문화가 성립되었다. 정치권은 저희들끼리 세력다툼을 하느라 하나님께서 태초부터 축복하신 땅, 에덴동산과도 같은 과테말라 천혜의 자연경관과 찬란한 전통문화에 대한 관심도 없다고 개탄했다.

C 전도사의 빨간색 승용차는 계속하여 달려갔고, 울분과 열정이 넘치는 과테말라 역사 강의도 지칠 줄을 몰랐다.

깊은 산 울울한 숲속에는 드문드문 말이 매어져 있었다. 도로변에 면한 큰 바위에는 초록 바탕에 흰 별 또는 해, 저울 등을 표시해놓아 각 정당의 홍보역할을 한다고 했다. 문맹자가 많은 까닭에 그런 표기법을 사용한다는 것이다. 우리나라의 이순신 장군에 버금가는 과테말라의 영웅 테크노 장군

과, 잡으면 곧바로 죽어버리고 마는 과테말라의 국조, 케찰
(Quetzal)새에 얽힌 이야기를 술술 풀어내던 C 전도사는 갑자
기 찬송가를 부르기 시작했다.

그 크신 하나님 사랑 말로 다 형용못하네
저 높고 높은 별을 넘어 이 낮고 낮은 땅 위에
죄 범한 영혼 구하려 그 아들 보내사
화목 제물 삼으시고 죄 용서 하셨네
하나님 크신 사랑은 측량 다 못하며
영원히 변치 않을 사랑 성도여 찬양하세

C 전도사의 찬송가는 성악가 못지않은 탁월한 음색이었다.
그녀는 하나님으로부터 많은 달란트를 받은 것 같았다. 이어
서 S 집사의 노래가 이어졌다.

꿈처럼 행복했던 사랑이여
별처럼 다정했던 사랑이여
머물다간 바람처럼 기약 없이
멀어져간 내 사랑아

S 집사는 "이른 아침에 잠에서 깨어 너를 바라 볼 수 있다
면…" 하고 연속 노래를 불렀다. 그들의 노래 부르는 실력이

보통 수준을 넘었다. 차는 쉬지 않고 고산의 천연 산림 속으로 달려갔다. 굽이굽이 돌고, 높고 높게 올라갈수록 산봉우리마다 하얀 비단 자락 같은 운무가 가득 서리고, 차 안에까지 서늘한 기운이 감돌았다.

"미스터 홍도 찬송가를 아주 잘 불렀던 것 같아요. 어려서 주일학교를 열심히 다녔다고 했어요. 목사님께서는 인물이 너무 좋아 사위 삼고 싶다고 하셨죠."

목사 사모님이 조심스럽게 말을 꺼냈다.

과테말라의 알프스산이라고 하는 높고 웅장한 산을 돌아갔다. 그처럼 높은 산 정상에는 큰 나무들이 수십 그루나 줄지어 서 있었다. 산신령 할아버지의 두루마기 자락이라도 내비칠 듯, 흰 구름이 아이스크림처럼 솟아오르는 듯, 바다 한가운데를 달리고 있는 듯한 착각이 들 정도였다. 운무의 바다는 갖가지 장관을 연출했다.

과테말라의 히말라야라고 하는 대평원이 전개되었다. 끝도 없이 펼쳐진 무한대의 공간 앞에서 인간의 존재는 한낱 보잘것 없는 미물처럼 왜소해 보였다. 하늘과 평원은 끝간 데 없이 광활하고 원대해서 허탈하기도 했다.

내 고향 남쪽바다 그 파란 물 눈에 보이네
꿈엔들 잊으리요 그 잔잔한 고향 바다
그 물새 그 동무들 고향에 다 있는데

목사 사모님이 이은상의 「가고파」를 불렀다. 사모님 노래 솜씨는 더욱 뛰어났다. 이십 년 전에 과테말라에 건너와 숱한 어려움 속에서 선교 사업을 하며 신학교를 설립한 목사님 사모는 목소리에 전혀 나이 먹은 티가 없이 해맑았다.

마산의 푸른 바다와 어릴 때 친구가 새삼 그립다는 사모님의 노래는 「바위고개」로 이어졌다. 과테말라의 청정한 하늘과 숲을 닮아 있는 그 노래는 민주의 번뇌를 해소시켜주고도 남았다. 멀리 떠나왔다는 생각이 들지 않았다.

"저기 보세요. 쑥쑥 잘 자란 옥수수나무가 차 집사님을 반기는 듯합니다."

C 전도사가 온 산야를 덮은 옥수수 숲을 가리키며 말했다.

"하하하. 그래요. 고놈들이 특별히 차 집사님을 더 반기는 것 같습니다."

S 집사가 거들었다. 차는 번화한 시내로 한참을 더 달리다가 건축 중인 크고 작은 공장건물 사이를 이리저리 빠져나와 드디어 교회의 넓은 운동장에 이르렀다.

"어서 오시지요. 오시느라 고생하셨어요. 미스터 홍 어머님을 뵙게 돼 정말 반갑습니다."

인자한 외할아버지 같은 분이 다가와 일행을 함박웃음으로 맞이했다. 키가 크고 마른 분이었으나 따뜻함이 전해져왔다. 목사님은 사람들이 차에 싣고 온 물건들을 내리는 사이 신학교 건물로, 예배실로 민주를 안내했다. 초등학교에서 대학교 과정까지 건립, 명실공히 그분은 외국 선교사로서 할 수 있는 모든 봉사를 사명감을 가지고 하시는 거룩한 성자의 모습이었다. 과테말라 정부의 정식인가도 났고, 현재 신학대학은 강의가 진행 중이라고 했다.

"미스터 홍도 선교의 날 행사에 한 번 참석한 일이 있어요. 피부가 깨끗하고 이목구비가 잘생긴 청년이었지요. 아드님 걱정 너무 하지 마시고 기쁘게 지내다 가세요. 비록 누추하지만 여기 우리 교회 오셔서 저희와 함께 계셔도 됩니다."

일행은 점심 식사를 간단히 마치고 둥그렇게 탁자를 이어 놓고 감사예배를 드렸다. 목사님은 기도 가운데 여러 가지 장애와 고난 가운데에서도 사막과도 같은 교육 문화의 불모지에 대규모 교육기관을 설립하게 해주신 전능의 하나님을 찬탄했다. 이 먼 곳까지 당신의 사랑하는 자녀들을 보내 감사예배를 드리게 됨을 하나님께 감사와 영광을 드렸다.

목사님은 마지막으로 성경 속의 잃은 양 한 마리를 언급하면서, 한국에서 아들을 찾아 이 나라에 온 차민주 집사님이 회개하고 그리스도의 품 안으로 어서 돌아오게 해달라고 기도했다.

예배 분위기는 숙연했다. C 전도사와 S 집사의 논리대로 그녀가 하나님을 떠났기 때문에 아들도 떠났다고 목사님도 똑같이 믿고 있는 것 같았다. 졸지에 성경 속에 나오는 탕아가 된 그녀는 부끄럽고 민망했다. 어머니가 먼저 회개하고 하나님께 나와야 아들이 어머니에게로 돌아온다는 그들대로의 편리한 논리였다. 아들이 사기 사건에 휘말린 것도 하나님 뜻을 거역한 때문으로 해석하였다. 태고의 숨결을 그대로 간직한 과테말라의 청정자연 경관을 볼 수 있게 해준 것은 고마웠지만, 잃은 양, 탕아, 회개 등의 단어를 반복하니 그녀는 심기가 불편했다.

과테말라는 식민지 통치에서 벗어난 지 500년이나 되었으나 여태도 문화, 교육, 정치, 교통, 모든 면으로 낙후를 면치 못하고 있었다. 반면에 청정자연은 훼손되지 않고 그대로 보존되었다. 과테말라 원주민들이 자연과 동화하여 문명 세계와는 동떨어진 상태로 자족하며 살아가고 있는 모습을 볼 수 있었다는 게 그녀에게 큰 소득이라 할 수 있었다. 중남미의 한 나라를 바르게 이해할 수 있는 계기가 주어진 바로 그 점이었다.

콩나물국에 밥 한술을 말아 아침 식사를 하면서 민주는 자주 목이 메었다.

"좀 더 계시면 미스터 홍도 차차 돌아오지 않겠습니까?"

조석구가 같은 말을 반복했다. 그의 말은 진심 같았다.

"아니야. 더는 폐를 끼쳐서는 안되죠. 나는 이만 한국으로 돌아가는 게 좋을 것 같아요."

아들네 집이라 해도 오래 머물게 되면 미안할 노릇이었다.

C 전도사가 전화했다. 이참에 교회에 나가서 얼마 동안 작정기도라도 드리면, 기어이 아들을 상면하게 될 것이다. 하나님께서는 무엇보다도 어머니의 간절한 기도를 원하고 계신다면서 그녀가 현재 상태로 한국으로 돌아가는 것을 극구 만류했다.

"여행 오신 거라고 편하게 생각하시고 더 계세요. 저희들이 잘 해드리지 못해서 죄송하지만 집안에 어른이 계시니까 마음이 든든하고 좋아요."

새댁은 민주가 오고부터 전실 아들과의 미묘한 갈등도 눈에 띄게 좋아진 것 같았다. 지난 일요일, 아들을 데리고 일본인의 별장, 연못에 가서 물고기를 잡았노라고 했다. 아이를 직접 낳아보지는 않았으나 마음 씀씀이가 옹졸하지 않아 소년도 순순히 따르는 것 같았다.

"마, 차 집사님이 오시니까 이 집에 온기가 꽉 차는 것 같습니다. 내 집이다 여기시고 아드님 오실 때까지 그냥 계시소. 우리가 다음 주엔 마야 유적지 띠깔로 모실라고 하는데 제 말 좀 들어주이소."

신학교 건축현장에 다녀온 후 S 집사는 올 때마다 망고며 파파야 그리고 프라이팬에 구워 먹는 바나나를 푸짐하게 사 가지고 왔다.

행여나 비관을 해서 몹쓸 일을 저지르는 건 아니겠지. 민주는 아들의 고집, 욱하는 돌발적인 성격으로 보면 그럴 가능성도 있다고 여겨졌다. 아들이 미국에서 대학 다닐 때, 한국인 가게에서 아르바이트하고 8개월이나 연체된 급료를 받지 못한 지난 일까지 합세해서 아들의 배신감은 더 심화된 것이 아닐까 하는 생각이 들었다.

─이렇게 악랄하고 교묘할 수가. 숙식할 데가 없다고 해서 집도 마련해주고, 집 얻을 때 보증은 물론 돈도 차용해 주었거늘, 간이라도 빼줄 듯이 하다가 은행 예금까지 빼돌리고 하루 아침에 도망을 가?'

아들이 보낸 마지막 메일이었다. 한탄과 푸념, 분노와 격정에 차 있었다.

민주는 들고 갈 가방을 점검했다. 이 나라에 살고 있는 한국 사람들이 친절하고 정답지만, 그렇다고 이곳에 머물 수는 없었다. 그럴 형편이 못 되었다. 한국에 돌아가 모처럼 큰 뜻을 품고 시작한 대학원 공부의 다음 과정을 준비해야 한다. 쓰던 소설도 완성해야 했다. 그녀는 몇 번 만났던 한국인들에게 일일이 전화를 걸어 작별 인사를 했다.

"뵙지 못하고 가서 죄송합니다."

"한 일주일이라도 더 계시면 진짜 더 좋은 곳을 보여드릴 수가 있는데 아쉽군요. 저는 안 만나고 가서도 상관없지만 차 집사님께서 하나님은 꼭 만나셔야 해요."

C 전도사의 애정 어린 당부였다.

조석구 부부가 그녀를 차에 태우고 라 아우로라(La Aurora) 공항으로 달려갔다. 올 때와 비교해보면 서로에게 담뿍 정이 들어 눈물이 쏟아질 지경이었다.

"정말 이렇게 섭섭하게 가시다니. 미스터 홍이 돌아오면 저희가 볼 면목이 없게 됩니다. 무슨 소식이라도 듣게 되면 곧장 어머님께 전화 드리겠습니다."

야자나무와 하늘과 구름, 그리고 과테말라시티의 히말라야 시다 가로수와 고풍스러운 시가지 풍경이 빠르게 스쳐 지나갔다. 삼원색 문양의 전통의상을 입은 원주민들이 버스정류장에 여러 명 서 있는 것이 보였다. 뜨거운 태양을 이고 걸어가는 사람, 혹은 미국에서 수입했다는 낡아빠진 고물 버스를 이용하는 사람들은 대부분 원주민이었다.

"그동안 고마웠어요. 학생은 너무 염려 안 해도 되겠어요. 내 자식이다 하고 끌어안으세요."

조석구가 짐을 부치고 오자 그녀는 그들에게 어서 돌아가라고 말했다. 조석구 부부가 돌아가는 모습을 하염없이 바라보던 그녀가 6번 게이트로 무겁게 걸어갔다.

민주의 역사적인 아들 찾아 삼만리 대장정이 허무하게 결말이 나고 있었다. 그녀는 누가 옆에 있거나 말거나 눈물을 펑펑 흘렸다. 아예 엉엉 소리 내어 통곡을 했다.

눈물은 피야. 생명의 진액이야. 울지 마. 차민주 집사님! 그리고 정연심 보살님! 자꾸 울면 몸 상해. 집에도 못 가. 엉엉… 으흐흑흑….

몸체에서 힘이란 힘은 다 빠져 날아갔고, 등허리까지 결리기 시작했다. 허리뼈가 늘어지고, 어깨가 자꾸 앞쪽으로 오그라드는 것 같았다. 다음 순간 그녀는 일시에 눈앞이 캄캄해지면서 핑그르르 어지럼증이 나타났다. 그때였다. 그리 멀지 않은 곳에서 환청과도 같은, 어떤 큰 소리의 파장이 극심한 어지럼증을 비집고 빙글빙글 그녀의 귓가에 맴돌았다.

"어머니! 어머니! 접니다. 욱이에요."

그녀는 일어섰다. 그것은 단지 머릿속 상념에 그쳤을 뿐, 그녀의 몸은 일어나려고 하는 의지와는 정반대로 그 자리에 맥없이 무너져 내렸다. 뒤에 따라오던 사람들이 어! 뭐야? 하면서 깜짝 놀라는 몸짓을 취했다. 그들은 쓰러진 그녀를 비켜 6번 게이트를 통과해 검색대로 나아갔다.

"어머니! 욱이에요. 제가 돌아왔어요. 아들이 왔다고요."

다급하고 절박한 부르짖음에 이어 저벅저벅 뛰어오는 구둣
발 소리가 난 것 같았으나, 그녀는 더 이상 아무런 소리도 들
을 수가 없었다.

첩첩이 에워싼 암흑의 세계가 일체의 감각과 의식을 가차
없이 차단했고, 출처를 알 수 없는 윙! 윙! 하는 기묘한 음향만
이 점점 그 영역을 넓혀가고 있을 뿐이었다.

UA 888기는 이 모든 소용돌이를 무마하듯 엄청난 굉음을
토해내며 과테말라의 유난히 해맑고 푸른 하늘 한가운데로 서
서히 날아 올라갔다.

어머니의 특별한 여름

재경 C여고 총동창회의 임원회의는 열두 시 정각에 끝났다. 때가 연말이어서 저마다 바쁠 것을 감안하여 점심식사도 생략했다. 유독 C여고 출신 선후배 남편 중에 현직 정부 고위 관리가 많아서 그렇다고 했다.

커피 전문점 '오두막'에서 간단히 결산보고를 겸하여 회의를 마친 임원들이 하나둘 자리를 떴다. 수진은 자리에 그대로 남아 있다.

"수진 언니! 내 얘기를 꼭 들어줘야 해요. 난 외롭다우. 언니가 총동창회 총무가 되었다고 했을 때 내가 얼마나 좋아한 줄 알우?"

수진은 주머니를 뒤져보았다. 동전 몇 개가 손에 잡혔다. 집에서 나올 때 허둥거리다가 핸드폰을 두고 나온 것이다.

그녀는 커피숍 안을 살펴본다. 공중전화는 카운터 옆 벽에 붙어 있고, 그 앞에 대기자가 두어 사람 줄을 섰다. 그녀가 자리에서 일어나 공중전화기 앞으로 다가갔다. 그때였다.

"수진 언니! 늦어서 미안해요. 대신 언니에게 맛난 점심을 사드릴게요."

자동 출입문이 열리면서 민영이가 큰 소리로 다가왔다. 민영의 목소리는 햇볕이 쨍한 늦가을, 마지막까지 가지에 매달린 잘 익은 홍시처럼 달콤하게 들렸다.

"그래! 오느라고 힘들었지? 나한테 할 얘기가 있다는 건 뭔데?"

수진은 민영의 큰 눈이 맑고, 이목구비에 귀태가 흐른다고 여긴다.

"언니도 내 얘길 들으면 깜짝 놀랄 거야."

민영은 핸드백에서 담배 한 대를 꺼내든다. 익숙한 솜씨로 불을 붙이더니 입에 물었다. 무심한 담배 연기가 허공에 동그라미를 그리며 흩어져갔다.

"나는 6·25 한국 전쟁이 원망스러워요. 그리고 나를 낳아준 아버지도 밉고요."

민영은 푸우! 담배 연기를 내뿜더니 탄식하듯 한마디 툭 던졌다.

"그거야 어디 민영이만 그런가. 새삼스럽게 왜 그 얘길 하는 거야?"

수진이 민영에게 톡 쏘는 소리를 한다. 짜증이 난 것 같다.

"아버지는 6·25 한국전쟁 때 납북되셨어요. 제가 초등학교 1학년이었어요. 우리가 공산주의가 뭔지 민주주의가 뭔지 알 긴 뭘 알겠어요. 빨갱이 자식이라고 얼마나 당하고 차별받은 줄 아세요? 끝내는 제가 봉직하고 있던 학교에서 쫓겨나고 가정이 풍비박산 되었어요."

S여고 미술 교사였던 민영이가 수업 중에 군화 발로 교실에 쳐들어온 무장 군인들에게 끌려간 이야기였다. 악명 높은 곳에서 모진 고문을 받았다는 이야기는 그녀도 알고 있었다. 단지 아버지가 납북되었다는 이유 하나로 젊은 여교사가 겪어야 했던 수모와 온갖 고문에 관한 것을.

민영의 정강이에는 군화 발바닥 자국이 그대로 남아 있어 보는 이들의 치를 떨게 했다. 그래서 고급 장교이던 민영의 남편도 옷을 벗게 된 사연.

"당했다고? 누구한테 왜 당했다는 거야?"

수진이 시치미를 떼며 민영에게 얼굴을 좀 더 가까이 가져 갔다. 어쩌면 자신의 이야기를 민영이가 대신 해주고 있는 느낌이 들었다.

"저는 아버지가 차라리 없는 편이 나았어요. 학비는커녕 아버지 얼굴도 못 보고 자랐는데 정부에서는 저를 고정간첩단

일원이라고 잡아들였지 뭐예요."

민영의 맑은 눈에서 눈물이 방울방울 흘러내릴 것만 같다.

"○○여 년이나 지났는데 이제와서 뜬금없이 무슨 간첩 타령이냐. 쯧쯧. 아버지 없이 산 것만도 서러운데."

"그래요 언니. 저도 그게 억울해요. 어머닌 우리 형제들을 혼자서 기르느라고 험한 일, 궂은 일 안 해본 일이 없고, 얼마나 고생한 줄 아세요?"

민영은 서러움이 북받치는지 코를 훌쩍이기 시작했다.

"그래도 아버지는 원망하지 말아. 아버지도 좋아서 납북되신 게 아니잖아."

"알아요. 다 안다고요. 그리고 수진 언니도 어머니 없이 살아오신 거 저도 들었어요."

수진이나 민영이 또래의 어른이라면 그 당시의 사정을 대강 짐작하고 있을 터였다. 이편, 저편 편을 갈라 아무나 잡아 죽이고, 아무 때나 잡아가던 흉한 세월의 흔적들을.

"그 얘긴 왜 또…"

이번에는 수진의 눈에 이슬이 맺혔다. 돌이키기 싫은 아픈 과거, 지독한 악몽이었다. 그녀는 눈물이 그렁그렁한 눈길을 창밖으로 돌렸다. 그녀의 얼굴엔 형용할 수 없는 복잡한 감정들이 실려 있었다.

'얘가 왜 만나자고 하더니 옛 상처를 쑤셔내고 그래?'

수진은 악몽을 떨어내듯 머리를 세게 흔들었다. 어머니! 하고 그녀는 마음속으로 불러보았다. 그것은 끝도 없이 그리운 이름이었다.

"모두 운동장에 모여!"

이제 겨우 두 시간의 수업이 끝났고, 시간은 오전에 머무르고 있었다. 2학년 갑반 아이들은 어리벙벙한 채 황급히 책 보따리를 챙겨 허리춤에 차고 반장이 지정한 운동장 동쪽 소나무 동산으로 우르르 몰려나갔다.

뭉게구름이 한가롭게 떠 있는 유월의 하늘에 소속 불명의 비행기가 아주 낮게 떠서 시끄러운 소리를 내며 날아갔다. 아이들은 발걸음을 멈추고 고개를 하늘로 빼 들었다. 푸른 하늘 중앙에 하얀 띠가 길게 그어져 있을 뿐 비행기는 보이지 않았다.

소나무 그늘에 담임인 송봉렬 선생님이 서 있다. 왁자지껄 뛰어오는 아이들을 향해 빨리 뛰어오라고 손짓했다. 담임선생님이 여름방학을 선언했다. 콧잔등까지 흘러내린 안경을 끌어 올리지 않은 채 허둥거리며 말했다.

"난리가 났단다. 우리 학교는 오늘부터 여름방학에 들어간다. 별도의 연락이 갈 때까지 학교에는 나오지 않는다. 알겠지?"

방학식이 끝났다. 간단한 방학식은 다른 반도 마찬가지였다. 예년과 비교해볼 때 근 한 달이나 앞당긴 여름방학은 한 장의 과제물도 없다. 다만 담임선생님은 아이들에게 집으로 속히 돌아가야 한다고만 강조했다. 집으로 가는 도중에 다른 날처럼 보리깜부기를 잘라 먹거나 밀 알갱이를 훑어서 껌을 만들어 씹는다든지, 개울에서 찰거머리나 올챙이를 잡으면서 해찰을 부려서는 안 된다고 거듭 당부했다. 키가 크고 호리호리한 담임선생님의 표정은 딱딱하게 굳어 무서울 정도였다.

수진은 집에 빨리 가기 위해 논둑길을 피해 신작로로 달렸다. 포장 안 된 자갈길에 그녀의 코빼기 고무신이 자꾸만 벗겨졌다. 아이들 서넛이 시무룩한 채 그녀 뒤를 따라가고 있었다.

"어머니! 학교에 다녀왔습니다!"

대문을 발로 차듯 하면서 수진은 하교 인사를 했다. 하도 빨리 달려오느라고 얼굴이 벌겋게 달아올랐다. 안채에선 아무런 응답이 없다. 그녀는 책보자기를 대청마루에 휙, 던져놓고 후다닥 안방으로 뛰어들었다.

안방은 깜깜밤중이었다. 문이라고 뚫린 곳은 모조리 닫아걸었다. 닫아건 데서 그친 것이 아니었다. 두텁고 까만 천으로 가려놓아 환한 빛이 조금도 새어들지 못하게 차단했다.

제일 먼저 진구네 할아버지의 꾸부정한 등이 눈에 들어왔다. 수진이가 들어와도 모른 체하는 어머니와 그 옆에 옥희네 아버지, 희순네 엄마, 낯익은 동네 어른들이 둥그렇게 둘러앉아 있는 게 보였다. 그들은 라디오 방송에 귀를 모으고 있을 뿐이었다.

"국민 여러분! 안심하십시오. 수도 서울을 사흘 안에 사수할 것이니 국민 여러분은 정부와 군을 믿고 맡은 바 임무에 충실하시기 바랍니다."

노老 대통령의 목소리는 떨고 있었다. 듣는 사람에 따라서는 얼마쯤 결의와 확신에 찬 목소리였다. 숨을 죽이고 듣는 그들과는 대조적으로 라디오에서는 연속해서 낭보가 흘러나왔다. 동네 어른들의 얼굴은 금세 불안이 걷히면서 적이 안도하는 빛이 떠올랐다.

수진은 그 틈을 타서 어른들 무릎 사이를 비집고 들어가 조용히 꿇어앉았다. 방송은 해방 후 몇 년 동안 삼팔선을 사이에 두고 계속되어온 북괴의 상투적이고 악랄한 작은 도발에 불과하다고 덧붙였다.

계속 전해지는 격파 격퇴, 혹은 반격 전멸 소식에 동네 사람들은 그럭저럭 안심하는 눈치였다. 그러나 대통령의 어눌한 육성이 사람들의 귓가에서 채 사라지기도 전에 사태는 급변했다. 공산괴뢰 집단은 이미 의정부를 점령하고 파죽지세로 서울을 향해 쳐내려오고 있다는 긴박한 소문이 떠돈 것이다.

"아무래도 큰 난리가 난 모양이여!"

제일 연장자인 진구네 할아버지의 말이 신호라도 된 듯 이웃집들은 피난 짐을 쌌다. 쌀을 사려는 사람들이 줄을 잇자 쌀값은 배로 뛰었고, 금값 또한 폭등하는 사태가 벌어졌다. 소달구지에 먹을 양식과 가솔을 싣고 떠나는 사람, 지게 위에 어린 아들을 앉히고, 좀 큰 애들은 걸리고, 도망치듯 떠나가는 이웃들이 늘어 갔다.

"혜진아! 너 우리나라 지도 좀 갖고 와라! 의정부가 대체 어디쯤이냐?"

어머니는 여학교 1학년인 큰딸 혜진이와 함께 대한민국 전도를 펼쳐놓고 손가락으로 의정부를 짚었다가 서울을 짚었다가 했다. 지도를 보나마나 서울과 의정부는 지척이었다.

어머니는 전화통에 매달렸다. 교환양이 나오기는 했다. 교환양은 서울로 접속이 불가능하다고 잘라 말했다. 서울 출장 중인 남편에게 전화하기를 단념한다. 어머니는 라디오를 귀에다 바싹 끌어당겼다.

'우리의 막강한 국군이 북한괴뢰군과 용감하게 싸우고 있다'는 것은 거짓 보도라는 게 드러났다. C시는 시간이 흐를수록 긴박감이 고조되었다. 각지에서 밀어닥친 피난민들이 고요하고 평화롭기 그지없는 C시를 공포로 가득 채웠다.

어머니는 안방 미닫이 위에 나란히 걸어둔 사진틀을 떼어 냈다. 경찰 제복을 단정하게 입은 조카 사진, 삼 년 전 해군에 입대한 친정 동생의 사진을 북북 찢어 아궁이에 던졌다.

"자아 얘들아! 우리도 피난을 가야 된다. 각자 가방을 하나씩 짊어져라!"

수진은 작은 륙색을 짊어졌다. 동생들은 소풍이라도 가는 양 즐거워라 했다.

'아버지는 어떻게 해?' 저만치 멀어져 가는 집을 돌아보고 혜진이 혼잣소리처럼 중얼거렸다. 뜰 가득히 핀 여름꽃들이 집 떠나는 그들에게 말 없는 작별 인사를 보냈다.

'잘 있어. 정든 집아, 그리고 꽃들아. 전쟁이 끝나면 반드시 돌아올 거야.' 수진이 맘속으로 빌었다. 침통하고 암담한 여름이 C시와 청원군으로 이어지는 국도 위에 끝간 데 없이 누워 있었다. 수진네 일가는 그 암담한 여름을 밟고 타박타박 걷고 또 걸었다.

"여기서 하룻밤 쉬어갈 수밖에 없겠구나."

남일면 사무소 앞이었다. 굳게 잠긴 면사무소 앞을 피난민들은 먼지를 일구며 지나갔다. 그 밤 총소리가 콩을 볶았다. 어른들 말로는 보도연맹에 가입한 좌익인사들을 잡아들여 총살시키는 소리라고 했다. 그 지역의 유지였거나 식자층이 대부분이라는 보도연맹원들은 비명 한번 지르지 못하고 졸지에 떼죽음을 당했다.

노老 대통령이 장담한 사흘은 덧없이 흘러갔다. 단지 사흘 동안이었다. 사흘 동안만 피난 나갔다 돌아오면, 우리의 국군이 공산괴뢰군을 전멸시킨다는 것이었다. 연로하신 대통령 각하의 약속은 국민을 기만하기 위한 허구에 지나지 않았다.

희부옇게 동쪽 하늘이 밝아왔다. 새벽이 되자 포격 소리는 훨씬 가깝게 들려왔다. 북괴의 탱크부대가 피난민 대열을 앞지르는 모양새였다. 어머니는 아이들을 깨웠다. 차도를 비켜 산길로 접어들었다. 산길로 가든 신작로로 가든, 무조건 남쪽으로 가야 산다는 강박관념에 떠밀려서 기계적으로 발걸음을 떼어 놓았다.

으슥하고 괴기스러운 깊은 산. 숲속에서 새인지 짐승인지 모를 것들이 끼억, 끼억, 소름끼치도록 울어댔다. 그들도 하늘과 땅을 찢는 동족상잔의 비극을 아는가.

어머니의 등에 업힌 막내가 자주 칭얼거렸다. 몸을 비틀면서 악을 쓸 때마다 어머니는 막내의 궁둥이를 추켜올렸다.

소달구지와 리어카를 끌고 가던 사람들이 달구지도 리어카도 팽개친 채 맨몸으로 걸어갔다. 들고 가던 보따리도 아무 데나 내던졌다. 남쪽으로 내려갈수록 피난민 인파는 엄청난 기세로 불어났다. 짐을 버리지 않고서는 그 대열에 끼어 걸어가

기도 버거웠다.

금강에 다다랐다. 한여름의 땡볕이 강물 위에서 이글이글 끓고 있었다. 겨우 여남은 명이나 타면 족할 작은 거룻배 한 척이 피난민들을 소복하게 싣고 물살을 가르며 강 가운데로 나아가는 것이 보였다.

"얘들아! 강을 건너갈 수가 없겠어. 자, 강을 돌아서 산길로 가자."

어머니는 배 타기를 포기했다. 아이들이 어머니의 뒤를 쫓아갔다. 초가집 이십여 호가 띄엄띄엄 자리 잡은 산마을은 강안에서 벌어지고 있는 아수라장과는 별개의 풍경이었다. 이집 저집에서 보리쌀 삶는 냄새와, 가마솥에 슬쩍 들기름을 두르고 쪄낸 감자 익는 냄새가 구수하게 풍겨오는 것만 같았다. 낯선 사람들을 보고도 짖을 줄 모르는 유순한 삽살개가 어슬렁거렸다. 마을 뒤쪽으로는 굵게 자란 대나무 병풍이 받쳐주고, 여러 종류의 곡식과 채소들이 들과 야산에 풍성했다. 전쟁의 참화가 무색할 만큼 주변 경치는 평화스러웠다.

"저것은 뭐지?"

마을 어귀에 우뚝 서 있는 천하대장군, 지하대장군의 위용에 아이들은 함성을 질렀다.

"마을의 수호신이야! 저들이 마을을 지켜주는 거야."

혜진이 무겁게 대꾸했다. 아직 이 지역엔 전쟁의 광풍이 몰아닥치지 않았음을 증명하듯, 이빨을 드러낸 천하대장군과 지하대장군은 그들 일행이 멀리 사라질 때까지 굽어보았다.

"엄마! 배고프다. 밥 먹고 가자."

천하대장군과 지하대장군이 아이들의 시장기를 부추긴 것일까. 그것을 바라보며 불안감이 사라진 것일까. 냇물을 퍼와 밥물을 붓고 돌짝을 주어다 양은 솥을 걸었다. 덤불에 불을 댕기자 쌀은 이내 익어가는 냄새를 풍겼다. 설익은 밥이나마 아이들은 감지덕지 입으로 퍼 날랐다. 생된장 덩어리가 꿀떡꿀떡 목구멍을 타고 넘어갔다.

젖을 제대로 먹지 못한 막내도 밥솥으로 기어가서 주먹으로 밥알을 움켜쥐었다. 막내의 볼에 밥풀 때기가 눈꽃처럼 달라붙었다. 아이들이 놋숟가락을 들고 밥솥을 박박 긁자 어머니 뱃속에서도 쪼르륵 소리가 났다. 위장에 구멍이 송송 뚫린 듯이 쓰리고 아팠다. 통통 불어있던 앞가슴이 바람 빠진 풍선처럼 졸아들었다.

어머니는 개울물로 배를 채웠다. 아이들도 개울물을 벌컥벌컥 들이켰다. 발자국을 떼어놓을 때마다 그들의 뱃속에서 꾸르륵꾸르륵 물 내려가는 소리가 났다.

덕골마을이 눈앞에 다가왔다.

어머니의 가슴은 두방망이질을 했다. 남편 강주식은 이대째 독자였고 지금 찾아가고 있는 남편의 오촌 당숙은 평소에 별로 내왕이 없던 친척인 셈이다.

ㄷ자의 한옥은 금강 지류를 내려다보며 산중턱에 높이 올라앉아 있었다. 집의 규모로 보아 제법 밥술깨나 먹는 집안임을 한눈에 알 수 있게 하는 큰 저택이었다.

"어서들 와! 어린 것들 데리고 예까지 오느라고 질부가 고생 많았네."

당숙모가 그들이 올 줄 짐작했다는 듯이 외양간에 붙어 있는 토방으로 혜진네 일가를 안내했다. 얼금얼금한 지직자리가 깔려있는 토방에서는 흙냄새가 났다. 풋고추 된장에 보리밥은 어떤 진수성찬에도 비할 수 없이 맛났다. 밥숟갈을 놓기가 바쁘게 아이들은 멍석 위에 곯아떨어졌다.

모깃불을 피어놓은 놋화로에서는 꾸역꾸역 검은 연기가 나면서 생 쑥 타는 냄새가 코를 찔렀다. 잠든 아이들의 머리 위로 국자 형상의 북두칠성이 달랑 떠 있었다. 생사의 갈림길에서도 먹는 일이 무엇보다 소중한 일이란 것을 설명하는 듯했다. 북두칠성 말고도 크고 작은 별무더기가 하늘 가득 반짝이고 있었다.

"그래 조카는 이 난리가 터졌는데도 아무 기별도 없다 그 말이지? 아니 그렇담 더 기다려 볼 일이지 덜컥 애들을 몰고 이리로 올 일이 뭔가?"

"난리가 나자마자 정부 당국에서 한강 다리를 끊어버렸다고 했어요. 혜진이 아빠가 집에 돌아오고 싶어도 한강을 어떻게…."

어머니는 말끝을 맺지 못하고 눈물을 삼켰다. 여섯 명의 아이들을 이끌고, 서른일곱 젊은 여자 혼자서 여기까지 오며 겪었던 고생쯤이야 얼마든지 참을 수가 있다. 문제는 남편이 한강을 건넜느냐 못 건넜느냐 하는데 있었다. 대체 한강을 건넌 사람은 누구이며, 한강을 건너지 못해 서울을 빠져나오지 못하고 전쟁의 소용돌이에 휘말린 사람들은 누구인가. 남편은 어느 쪽인가.

"아니, 질부. 자네는 어린 것들을 줄남생이마냥 주렁주렁 매달고 무작정 여기로만 오면 무슨 수가 생긴다는 거여? 울지만 말고 시원하게 말 좀 해보라구."

한강 다리가 끊어졌다는 말에 당숙은 버럭 소리를 질렀다.

"흠! 이런 고얀 일을 다 보겠나. 우리라고 어디 양식이 넉넉한 줄 아는감. 내년 보릿고개까지 씨감자 한 톨 안 남아나게 생긴 판국인데 참, 큰 낭패 만났구먼."

당숙은 대꼬바리를 쳐들어 마루 기둥에다 대고 탁 탁 두들겼다.

"난리가 끝날 때까지만이라도 봐주십시오. 은혜는 꼭 갚겠습니다."

"아, 시방 은혜 갚는 게 문젠감. 당장 이 대식구가 굶어 죽을 판인데, 원 이런 변고가 있나. 쯧쯧쯧."

눈물도 사치였다. 당숙의 서슬에 어머니의 설움은 어디론가 자취를 감추었다. 들에 나가 쇠어빠진 쑥을 뜯어다 밀기울을 섞어 찐 개떡과, 호박잎을 으깨 넣고 끓인 보리죽이 그들의 생명줄을 하루하루 연장시켜 주었다. 강 씨 일가가 모여 사는 마을에서 가끔은 보리쌀 말이나 쌀 서너 되씩 동정을 받기는 하였으나 그것도 금세 바닥났다.

어머니는 금반지와 금비녀 그리고 가지고 있던 몇 가지 비단 의복을 당숙모에게 진상했다. 목구멍이 포도청이란 말이 여지없이 들어맞았다. 들일 집일 마다않고 팔 걷어붙이고 노예처럼 해냈으나 중죄인이 따로 없었다.

충청 이남에 위치한 덕골마을은 첩첩 산골로서 산꼭대기에 올라가면 대전 시내가 아스라이 내려다보였다. 피난민 아이들은 먹을 것을 찾아 산을 헤매고 다니다가 곧잘 산 정상에도 올라가곤 했다.

대전 쪽의 하늘에선 수시로 시뻘건 불덩어리가 떨어져 대전 시내가 불바다가 되는 걸 자주 목격할 수 있었다. 땅이 쩍쩍 갈라지는 굉음과 함께 검붉은 연기가 덕골마을로 번져왔다. 살벌한 전쟁 냄새였다. 숱한 사람들이 죽어 넘어지고 도시와 건물들이 순식간에 파괴되는 아비규환, 피의 소리였다.

덕골마을에 인민군이 나타났다. 그들의 나이래야 많아야 열대여섯 정도 될까 말까한 까까머리 애송이였다. 애송이 인민군들은 이집 저집으로 옮겨 다니면서 마을의 닭이나 돼지를 마구잡이로 노략질했다. 그들은 또 마을의 젊은이들을 의용군이란 명목으로 끌고 갔다. 당숙네의 막내아들이 그들의 영광스러운 전사로서 의용군에 편입되었다. 그가 난리 통에 집 밖으로 돌아다닌 게 잘못이었으나 당숙은 어머니를 닦달했다.

"이봐! 질부. 더 참을 수가 없네. 애들 데리고 내 집을 떠나주게. 이러다간 강 씨 일족이 몰사를 당할 것이여. 어여 애들을 데리고 여기를 떠나라구."

막내아들을 의용군으로 떠나보낸 당숙이 실성한 듯 울부짖었다. 전적으로 그것이 어머니 과실이기라도 한 듯.

"떠나라고 하시면 저희들이 어디로 가겠습니까? 혜진이 아범도 못 만나고 이 난리 통에 갈 데가 어디 있습니까. 기왕 봐주신 김에 애들 아버지가 올 때까지만이라도 여기 눌러있게 해주세요!"

어머니는 자꾸 머리를 조아렸다.

"자네가 시방 뭔 소리를 하는 겨? 내가 이 판에 누구를 봐준당가. 어여 여기를 떠나라구. 여러 소리 할 것 없네."

"얏! 호!"

멀리서 아이들의 함성이 들려왔다. 건너편 산에서 메아리가 얏! 호! 대답했다. 산골 마을에 갇힌 아이들에게 메아리는 큰 구원이었다. 안채 뜨락에는 남청과 흰색 도라지꽃이 활짝 피어 하늘거렸다. 얏! 호! 하고 외치는 아이들의 함성을 꽃들도 기쁘게 듣고 있었다. 대전시 전체가 폐허가 되고 포항 영천 전투에서도 아군이 계속 불리한 상황이라는 사실을 모르는 당숙은 어머니를 닦달하는 것으로 소일을 삼았다.

"자네가 오고 나서 우리 집에 인민군이 뻔질나게 드나든단 말여."

덕골마을은 안심할 수 있는 피난처가 아니었다. 큰딸 혜진이도 걱정이려니와 제 나이보다 성숙한 두 아들을 지키기 위해서도 이곳을 빨리 뜨는 게 상책이었다. 이곳에 머물면서 전쟁이 끝나기를 기대하기는 벌써부터 싸가지가 노랬다. 더구나 막연히 남편 강주식이 돌아오기를 바란다는 것도 어리석은 일이었다.

이차 피난지는 충청남도와 전라북도의 접경지대인 대밭골이었다. 대밭골을 향해 수진네 일가는 피난민 행렬의 꽁무니를 따라갔다. 이틀 낮 밤을 꼬박 걸어 도착한 그들은 용케 빈 집을 찾아들었다. 마을 이름처럼 대나무 숲이 울창한 곳이었다. 높은 산봉우리가 연꽃처럼 봉싯봉싯 솟아있는 아늑한 산촌이었다. 대밭골도 예외 없이 각지에서 내려온 피난민들로

북적거렸다.

허름한 초가집 한 채는 많은 피난민들이 거쳐 간 듯한 흔적
이 있었지만 그들에겐 대궐이었다. 수진네는 강원도 철원에서
왔다는 정수네와 금세 친숙해졌고 방도 서로 양보하고 양식도
나누어 먹었다. 어머니는 그만해도 한시름 놓을 수 있었다.

"아빠 소식도 알아볼 겸 집에 갔다 와야 하겠다. 돈이 될 만
한 물건을 가져와야겠어. 혜진아, 동생들을 잘 돌보고 있어.
며칠만 고생하면 될 거다."

피난민 이웃들이 너도나도 보리쌀과 밀기울을 쏟아주었다.
어머니는 눈시울을 붉히며 혜진에게 아껴서 조금씩만 먹도록
부탁했다. 두 아들에게는 나다니지 말고 누나 말 잘 듣고 숨어
지내라고 당부했다.

"수진아 너 걸을 수 있겠어? 엄마하고 집에 갔다 오자!"

어머니는 젖 먹기를 단념한 막내조차 떼어놓고, 수진이를
데리고 도둑처럼, 귀신처럼 밤길을 더듬어갔다. 하루에 칠십
리도 갔고 백 리도 걸었다. 여러 차례 물집이 잡혔다가 터진
발바닥이 쑤시고 아렸다. 두 다리와 허리 부분은 마비가 된 듯
뻣뻣하게 굳어왔다. 날이 저물면 빈집에 들어가 새우잠을 자
고, 목이 마르면 개울물을 움켜 마시면서 그들 모녀는 죽음의
행진을 강행했다.

서른일곱 살의 여자. 아이를 여섯 명이나 출산한 어머니의 체력이 한계를 드러낼 즈음, 그들 모녀는 가까스로 청원군 쌍수면에 도착했다.

전쟁 발발 직후에 좌익계 보도연맹 인사들을 총살시킨 현장은 차마 눈 뜨고 볼 수 없는 쑥대밭 그대로였다. 쌍수면의 명물인 두 그루의 느티나무에서 피비린내 나는 격전의 상흔이 발견되었다. 큰 나무둥치에 성인 남자 두어 명이 들어가도 좋을 만큼 구멍이 뻥 뚫려 있었다. 그 구멍은 죽음의 아가리처럼 섬뜩한 느낌을 주었다. 둘레가 4미터도 더 돼 보이는 느티나무는 대포에 정통으로 맞은 듯했다. 바로 옆에 있는 다른 느티나무 역시 무성하던 잎과 줄기가 불에 타 참혹한 몰골이었다.

무슨 나무같이 웃자란 명아주와 댑싸리, 망초, 개비름 따위 잡초들이 잿더미 위에 마귀의 수염처럼 무성했다. 시체를 파먹는다는 송장 메뚜기와 풀무치, 따개비 종류들이 살판이나 난 것처럼 그 위를 풀풀 날아다녔다.

파괴와 살상의 음모가 뻥 뚫린 느티나무에 잔뜩 도사리고 있는 것 같았다. 비릿하고 역겨운 냄새가 물씬물씬 묻어났다. 주변에는 군화를 신은 몸통도 팔도 없는 시체, 머리만 나뒹구는 시체, 대강 흙으로 덮었으되 두 팔과 가슴 부분이 노출된 시체 등, 아군인지 적군인지 분간조차 할 수 없는 숱한 죽음들이 널려 있었다.

"엄마! 가지 말아요. 무서워요. 으으흑흑…"

수진이 별안간 울음을 터뜨렸다. 수진의 울음소리를 듣고 군화를 신은 시체가 벌떡 일어서서, 그들 모녀의 다리를 냅다 걷어찰 것만 같았다. 머리통만 나뒹구는 시체가 데굴데굴 그들에게로 굴러오고, 두 팔과 가슴 부분이 노출된 시체가 훠이 훠이 팔을 휘두르며 덮쳐올 것 같아, 옴짝할 수가 없다.

어머니는 수진의 작은 몸을 품어 준다. 수진의 가슴이 벌렁 벌렁 뛰었다. 어머니의 심장도 심한 통증을 일으켰다. 누에 껍질처럼 폭삭 내려앉을 것만 같았다. 온몸이 부들부들 떨리면서 소름이 쭉 돋았다. 그렇게 꽤 오랜 시간이 흘렀다.

혼미하던 정신이 차츰 개면서 지붕이 날아가고 서까래가 훤히 드러난 집 한 채가 시야에 들어왔다. 그 집은 어쨌든 피난을 떠나지 못한 사람들 몇이라도 남아 있음직한 낌새는 엿보였다. 어머니는 안도의 한숨을 내쉬었다. 모녀는 그 집을 향해 빠르게 이동했다. 집의 형체를 어설프게나마 유지하고 폐허를 지키고 있는 것이 기이했다.

"사람, 사람 소리가 나요. 엄마!"

희끗한 그림자 두엇이 주춤거리며 모녀에게 다가왔다. 이 마을에 산 사람이 있다는 게 꿈만 같았다. 예상외로 그 집엔 훨씬 많은 사람들이 살고 있었다. 쌍수면의 토박이들과 오다가다 주저앉은 피난민들이었다.

"살아 계셨군요! 한데 여긴 어인 일로 오셨소?"

그들 중의 한 사람이 성급하게 질문했다.

"대한민국 부인회 간부를 지내셨다지요? 사모님께서는 지금 악질반동분자로 지목돼 있을 겁니다. 수색 대상 1호일 겁니다."

고급공무원인 남편 강주식과 경찰관 조카, 해군인 친정 동생으로 하여 보통 반동분자라는 용어 앞에 악질이란 단서가 더 붙은 것인가. 어머니는 그 사람의 말을 듣는 둥 마는 둥 경황이 없다.

설상가상으로 어머니가 찾아가고 있는 C시의 집은 시도 인민위원회가 접수하여 사무실로 쓰고 있어 안채와 이층 할 것 없이 인민군의 소굴이 돼 있다고 소상하게 전했다. 들을수록 불길한 내용이 전부였다. 어머니의 허파에서 불길이 치솟다가 술술 빠져 달아났다. 눈앞이 아득하고 다리에 힘이 절로 빠져 그 자리에 주저앉았다.

"위험합니다. 당장 돌아가세요. 여기도 빨갱이 놈들이 하루에도 몇 번씩 찾아옵니다."

여름 해는 더디 저물었고 올망졸망한 산등성이 위에 한여름의 따가운 햇살이 작은 위안처럼 그렇게 머물러 있었다. 어머니는 뭉클한 그 무엇이 목구멍을 타고 치올라왔다. 집이고 돈이 될 물건이고 간에, 당장 이곳을 나가 다른 곳으로 도망가야 한다는 일념뿐이었다.

"여어! 이게 뉘시요?"

언뜻 보아 외양이 훤하고 여유가 넘치는 마흔 전후의 남자가 들어섰다. 그 남자의 양복 차림과 백색 구두가 집안의 공기를 더 음울하게 옭아맸다. 평상시에도 보기 드문 색다른 복색이었다. 백색 구두의 주인공이 구호를 외치듯 우렁차게 말했다.

"유능한 여성 동지께서 자진해서 와주시다니 참으로 반갑습네다."

그의 말씨는 이북 지방의 말투에 가까웠다. 그의 백색 구두와 함께 놀라운 변화였다. 그는 말을 이어갔다.

"시도 여성동맹위원장을 물색 중인데 마침 잘되었소. 나와 같이 C시로 들어가서 곧바로 등록을 한 다음, 김일성 수령 동지를 위하여 우리 함께 일합시다."

순간 사람들의 얼굴에 파동이 일어났다. 어머니의 눈은 분노로 떨고 있었다. 어떤 말도 입 밖으로 내뱉을 수가 없다. 백색 구두의 장본인, 정한철은 득의만만했다. 해방 직후에 남편 강주식과 더불어 애국청년단을 결성하고 나라를 위해 생사고락을 함께 하던 사람이라고는 도저히 믿을 수가 없었다. 추운 겨울밤, 애국 동지들과 수진네 뒷방에서 도토리묵과 해삼을 먹으며 나라의 안녕을 함께 논하던 그자는 누구보다 앞서서 변절을 한 것이다. 수진의 아버지 강주식과는 막역한 깨복쟁이 친구가 아니던가.

수진이 잔뜩 움츠린 목을 어머니의 허리에 기댔다. 다짜고짜로 어머니의 손을 잡아끄는 정한철의 존재가 수진은 폐허에 널려 있는 시체들보다 더 무서웠다. 정한철, 그는 적이었다. 전쟁이 빚어낸 또 하나의 우수였고 화근덩어리였다. 아니 폭탄이었다. 그의 입에서 남발되는 사모님이나 아주머니라는 호칭 대신 여성 동지, 동무라는 단어가 그 증거였다.

"마음을 추슬러서 결정할 수 있도록 시간적 여유를 주셨으면 합니다만."

어찌하든지 시간을 끌어야 한다. 어머니의 생각은 그랬다.

실낱같은 달이 공허한 밤하늘에 을씨년스럽게 떠올랐다.

모녀는 쌍수면의 원혼들과 유령들이 그들의 뒤통수에 막무가내로 따라붙는 착각 속에 어둠 속을 걸어갔다. '함께 가요, 우리도 데리고 가요!'라고 외치는 소리가 환청처럼 들려왔다.

삼거리였다. 흐릿한 달빛을 받고 C시로 가는 길과 청원군으로 갈라지는 길이 곧게 뻗어 있었다. 청원군 쪽으로 뻗은 길을 따라 밤새 걸어가는 편이 조금은 안심해도 좋을 것으로 알았다.

"정지! 암호!"

날카로운 금속성이 한밤의 정적을 깼다. 여러 개의 구둣발 소리가 저벅저벅 다가왔다. 인민군 초소가 그곳에 있었다.

"아니 이게 뉘시라고? 악질반동 여성 동무가 야밤에 도주라 이런 말씀이신가?"

그들 중의 한 명이 이죽거릴 때, 어머니의 왼쪽 볼에서 불똥이 튀었다. 왼쪽 귀가 당장 먹먹하게 막혀왔다.

"이 에미나이는 뉘귀래? 종간나 새꺄!"

인민군 소좌의 두 눈에 살기가 번득이는 순간, 수진의 작은 몸뚱이는 길 저편으로 나가떨어졌다.

"동무들! 뭣들 하고 있소. 이 자들을 끌고 가라우야!"

인민군 소좌가 명령했다.

"도 인민위원회로 끌고 가서 내일 아침 인민재판에 회부하도록. 알았나?"

네 명의 인민군 뒤에 백색 구두가 보였다. 그는 겁에 질린 모녀를 지그시 노려보았다.

"송미순 동무는 무모한 짓을 저질렀소. 무엇을 믿고 도도하게 구는 거요?"

정한철은 씹어뱉듯 거침없이 뇌까렸다.

"전쟁은 이미 결판난 것이나 다름없소. 남조선은 곧 해방이 될 것이오!"

그의 마지막 말은 어머니의 가슴을 갈기갈기 찢어 놓았다. 전쟁은 끝난 것이나 마찬가지라니? 남조선은 곧 해방이 된다고? 그 말은 무엇을 의미하는가. 피멍으로 얼룩진 그녀의 눈에서 눈물 줄기가 쉴 새 없이 흘러내렸다.

아침 해가 무심한 자태를 드러냈다. 도 인민위원회 사무실은 듣던 대로 수진네 집이었다. 인민군들은 그들 모녀를 이층 구석방으로 쳐박았다. 거대한 현수막이 창문을 차단하고 있어 밀폐된 방이나 다름없다. 사방 벽에는 김일성의 대형 초상화와, 보기만 해도 등골이 오싹해지는 전쟁 포스터가 무질서하게 붙어 있었다. '남조선 해방'이라는 구절은 수진의 눈길을 자극했다.

어머니는 방 한 귀퉁이에 쓰러져 깜박깜박 잠이 들곤 했다. 잠이 아니라 기절이었다. 간간이 헛소리도 했다. 인민군들의 구둣발에 채인 곳이 욱신욱신 쑤셔왔지만 아픔조차 꿈인지 생시인지 몽롱했다. 그리던 고향집에 돌아온 감회가 어느 구석에 끼어들 처지가 전혀 못 되었다.

야외무대 같은 장소에 휘영청 달이 밝았다. 먼 산이라고 하는데 그곳에서 불이 훨훨 타올랐다. 그 불빛을 받으며 군인들이 지나갔다. 국군이었다. 국군의 행렬은 길고 멀게 이어졌다. 목청이 터져나가도록 군가를 불렀다. 군가는 먼 산속으로 깊숙이 메아리쳤다.

　　　전우의 시체를 넘고 넘어 앞으로 앞으로
　　　낙동강아 잘 있거라 우리는 전진한다

행렬 속에 보이는 낯익은 얼굴, 남편 강주식이 보였다. 군
복을 입은 청년 시절의 늠름한 모습이었다. 그는 신작로 양편
에 서서 손에 손에 태극기를 들고 환호하는 시민들에게 손을
흔들었다.

"여보! 혜진 아버지! 어, 여보…."

큰 소리로 악을 썼다. 그 소리는 입속에서 이내 사라졌다.
연거푸 외쳐보았다. 허망할 뿐이었다. 그녀의 몸은 흥건히 땀
에 젖었다.

정한철이 들어왔다. 그가 출입문을 열 때 한 가닥 빛줄기가
방안으로 쏟아지면서 젖은 빨래가 되어있는 어머니의 몸 위에
내려앉았다. 어머니는 반사적으로 몸을 곧추세우려고 움직였
다. 움직일 때마다 자지러지듯 극심한 통증이 따랐다.

백색 구두가 어머니의 코앞으로 다가왔다.

"C 시·도 여성동맹위원장 자리는 내가 강 군과의 의리를
생각해서 특별히 추천한 자리요. 그만한 것쯤은 총명한 여성
동지께서 누구보다 잘 아실 것이오."

그의 목소리는 어느 때보다 곰살궂었다.

"강 군은 죽었을 거요. 서울에서 한강을 건넌 민간인이 거의 없소. 어떻소? 내 말이 틀렸습네까?"

어머니는 넋 나간 사람처럼 허공을 응시했다. 허공 속에서 그녀는 국군들이 부르던 군가를 생생하게 기억해냈다.

달빛 어린 고지에서 마지막 나누어 먹던
화랑 담배 연기 속에 사라진 전우야

남편은 살아있을 것이다. 그는 쉽게 죽을 사람이 아니야.

그녀의 내부에서 다른 목소리가 말했다. 국군 행렬과 남편 강주식을 떠올리며 그녀는 희망을 가지려고 안간힘을 썼다.

"오늘 중으로 결단을 내리시오! 만약에 내 말에 불복종했을 경우 그 결과에 대해서 나 정한철은 절대 책임지지 않습네다. 송미순 동무를 인민재판에 회부하지 않고 이만큼이라도 대접하는 것은 인민위원장 동지께서 이 사람을 믿기 때문이 아니겠소? 세상이 바뀌었단 말이요. 나와 함께 위대하신 김일성 수령 동지를 위해 충성을 바칩시다."

시종 유들유들하고 건방진 태도였다. 정한철이 어머니의 야윈 손을 끌어당겼다. 다른 한 손으로는 그녀의 상체를 안았다. 어머니는 필사적으로 몸을 돌려 빼면서 한 걸음 물러났다.

수진은 깊이 잠이 든 모양으로 색, 색, 고른 숨소리만 들려왔다.

"허허허, 그래 봤자 당신은 독 안에 든 쥐란 말이요. 세상은 그서 둥글둥글 시류에 맞게….."

정한철은 계속 씨부렁거리면서 어머니의 입술을 덮쳤다.

"반항하면 죽이겠소!"

성난 짐승이 어머니의 아랫도리를 향해 돌진했다. 거대한 몸집의 맹수가 작은 들짐승을 물어다 놓고 혓바닥을 날름거리는 형국이었다. 순간 어머니의 서러운 전투는 막을 내렸다. 어머니에게 C시와 C도를 아우르는 여성동맹위원장이라는 영광스러운 북조선 인민공화국의 직책이 주어졌다.

정한철은 송미순 여사의 의로운 상전이었다. 정한철이 지시하는 대로 일을 해나갔다. 피난을 떠나지 못한 사람, 또는 타지역에서 흘러들어온 사람들을 모아 김일성 사상을 학습시켰다. 북한의 애국가도 가르쳤다. 수진이는 앞자리에 앉아서 어머니가 선창을 하면 사람들과 함께 따라 불렀다.

아침은 빛나라 이 강산
은금의 자원도 가득한
삼천리 아름다운 내 조국
반만년 오랜 역사에……

수진은 어머니가 낯설었다. 검정색 세루치마와 하얀 옥양목 적삼을 입은 어머니의 형상은 타인이었다. 피난 못 간 온동네 아낙들이 수진네 부엌으로 집합했다. 커다란 가마솥에 전선의 인민군에게 보급할 미숫가루를 볶았다. 엄청난 분량이었다. 식히고 갈아서 수백 수천의 작은 광목 주머니에 나누어 담았다. 다시 대형의 부대에 차곡차곡 넣어서 야밤을 틈타 감쪽같이 어디론가 운반해갔다.

9월로 접어들자 아군의 폭격이 날로 심해졌다. 인민위원회 간부 회의가 있는 날, 때를 맞춘 듯 유엔군의 무차별 폭격이 가해지곤 했다. 초조해진 인민군들은 미친개처럼 날뛰었다. 간부 회의를 시도 때도 없이 열어 인원을 동원했고, 미숫가루 양도 턱없이 증가시켰다.

어머니는 평소대로 정한철과 나란히 간부회의 장소인 당산 근처의 고아원 건물을 향해 걸어갔다. 회의장 주변은 물을 뿌린 듯 적막했다. 그날 따라 회의장으로 가는 계단 입구에 인민군 경비가 한 명도 없는 게 수상쩍었다. 짙게 드리운 밤안개 속에 희끄무레한 물체들이 윤곽을 드러냈다. 여기저기 흰 고무신짝들이 흩어져 있었다. 그리 멀지 않은 곳에서 자지러질 듯, 신음소리가 들려왔다.

어머니는 멈칫했다. 죽음에의 예감이 섬광처럼 뇌리를 스치고 지나갔다. 앞서서 걷던 정한철이 돌연 몸을 솟구친다. 그가 방향을 바꾸어 내달렸다. 백색 구두가 어둠 속에서 잠깐잠깐 비치다가 끝내 사라져갔다.

"따르륵! 따르륵! 딱콩 따르륵…"

연거푸 따발총 소리가 들렸다. C시. C도 여성동맹위원장 송미순이 그 자리에 고꾸라졌다. 그녀의 가슴에서 뜨거운 선혈이 울컥울컥 쏟아져 나왔다.

쿵! 쿵! 쿵!

대포소리가 들려왔다. 인천상륙작전에 성공한 아군이 서울을 탈환하기 위해 북상중이라는 신호였다. 남쪽으로 내려갔던 피난민들이 북진하는 국군을 따라 고향으로 돌아오고 있었다.

강주식은 북진하는 국군의 대열 속에서 환호하는 시민들에게 손을 흔들었다. 그의 어깨 위에서 대한민국 육군 대위 계급장이 자랑스럽게 빛을 냈다.

"만세! 만세! 대한민국 국군 만세!"

눈물로 외치는 만세소리가 지축을 뒤흔들었다.

1129일의 길고 지루했던 악몽과 함께 어머니의 특별한 여름은 만세 소리에 묻혀 흔적도 없이 산화하고 있었다. 온 누리에 가을이 깊어갔다.

이야기를 마친 수진이 컵을 들어 냉수를 마셨다. 입안이 바작바작 타들어갔다. 입안이 아니라 타들어가는 건 그녀의 영혼이었다.

"그래서 예쁜 언니의 얼굴에 늘 슬픔이 드리워 있었구나."

수진과 민영이 찻집 '오두막'을 나왔다. 자동 출입문이 열리고 닫히는 순간, 그들의 과거가 찻집 '오두막'으로 소리 없이 숨어드는 것을 정확하게 느낄 수가 있었다. 그들은 결혼식장으로 가는 듯, 옷을 잘 차려입은 사람들 속에 섞여 묵묵히 발걸음을 떼어놓았다.

"수진 언니의 소설을 읽고 나서, 내가 겪은 6·25도 작품으로 써달라고 부탁을 드리고 싶어서 이렇게 허둥지둥 달려온 게 아니겠수?"

"능청 떨지 마시라요. 민영이가 그림 그리는 솜씨도 끝내주지만 글을 잘 쓴다는 것, 선배 언니들도 죄다 알고 있던데 뭘."

"언니, 그 말 정말이유?"

"그럼. 내가 언제 거짓말하는 것 봤어?"

둘은 정답게 손을 맞잡고 서로의 눈을 응시하면서 명동 성당 쪽으로 걸어올라갔다.

"나한테 털어놓는다 생각하고 그대로 글로 옮기면 되는 거야. 각자의 6·25가 다르게 표현될 수도 있지 않겠어?"

"근데 난 언니만큼 글재주가 없단 말이유."

"재주는 무슨 놈의 재주."

그들은 유네스코 회관을 지나 중국대사관 골목을 걸어 큰 길로 나왔다.

초겨울의 짧은 해가 수진이가 입고 있는 홈스방 재킷 위에 한참 동안이나 따라붙었다. 마치 어머니의 환영처럼.

아버지의 밤

아버지!

오랜만이에요. 언제 한 번 아버지와 제가 이렇게 오붓하고 고요히 마주해본 적 있던가요. S대 병원의 우울한 내과 병동, 아버지의 병상 모서리에 앉아 나누었던 이야기가 아마도 아버지와 제가 나눈 이승에서의 마지막 대화였을 것입니다. 아버지께서는 그때 저에게 몇 마디 간곡한 당부를 하신 걸로 기억합니다.

제 위의 형제들은 그들의 삶 때문에 자주 병실에 올 수 없었고 저는 비교적 자유로웠습니다. 저는 많은 날들을 아버지의 병실에서 지냈습니다. 지금 와 생각해보면 아버지와 함께했던 그때가 그지없이 행복했던 것 같습니다.

'당신의 체온만큼 사랑하게 하소서'

노랫소리 흐르는 가운데 힘찬 징소리 세 번 울립니다. 마치 그것은 '오시옵소서 아버지 영가靈駕여, 당신을 초대합니다'라고 노래하는 것 같습니다.

오늘 뜻깊은 밤, 버선발에 속곳 바람이어도 상관 마시어요. 누웠다 일어나 헝클어진 머리라도 부끄러울 게 없습니다. 낚시 갔다가 언 몸 녹일 새 없이 허둥지둥 갯비린내 풍기며 달려오셔도 아버지를, 어머니를 탓할 사람 아무도 없습니다. 다만 이 시간 나들이 구명시식 공연을 즐기시고 가없는 기쁨과 평안 누리시기 바랍니다.

그간의 편치 않은 기억들, 영계에서조차 속 상하고 기절하도록 놀랄 일, 땅을 칠 일 많아도 울분을, 분노를 다 떨치시고 지금 여기 이 자리에 나아오시옵소서. 당신의 핏줄, 소중한 후손들이 환영합니다. 간절하게 기도 올립니다. 사랑의 마중물을 붓습니다. 그 무엇도 괘념치 마시옵고 나들이하듯 가벼이 그렇게 나아오소서.

아버지의 푸르른 시절, 저의 초등학교 입학식, 봄비 쏟아지는 그날, 아버지의 팔에 매달려 걷던 남다리의 추억이 새롭습니다. 어떻게 그 시절 저에게 빨간 비옷이 있었던 걸까요? 언니와 오빠들이 차례로 입고 다니다 품이 작아져 저의 몫이 된 것일까요. 종이에 기름 발라 대나무 살로 기둥을 세운 낡은 종이우산 한 개가 귀하던 시절이었지요. 망토 모양의 고급한 빨간 비옷은 저에게 날개였습니다. 드넓은 세상을 훨훨 날아가라는 메시지를 받은 날이었습니다. 저는 학교에 가는 게 즐겁고, 아버지와 함께인 게 신났던 것 같습니다. 예쁜 우비가 썩 마음에 들어서 우쭐우쭐, 아마도 그런 기분이었던 것 같습니다.

무대 중앙에 아련히, 그림인 듯 앉아 있는 흰옷 여인 잘 보이시나요? 예쁘지요? 제가 보아도 썩 빼어난 미인이군요. 그 여인 곁으로 검은 옷 입은 세 여인이 호위는 아닌 것 같고, 저승으로 안내하려는 걸까요? 흰옷 여인이 일어섰어요. 발 쾅! 쾅! 구르며 위압하듯 흰옷 여인을 따라가는 검은 옷 여인들.

아버지, 그때 봄장마였었나 봐요. 남다리 아래로 황토 빛깔의 냇물이 철럭철럭 높은 파도를 일구며 흘러갔습니다. 특히 입학식이 있던 날은 빗줄기가 세찼습니다. 우비를 입어서 옷이 젖을 염려는 없었지만, 아버지는 제가 하도 촐랑거리니까, 행여 발을 헛디뎌 다리 아래 무심천에 떨어지기라도 할까봐 자주 애야! 이리 와라, 얌전히 가라, 그러셨던 것 같습니다.

저는 아버지의 그 말씀을 듣고 세상에 태어나 처음으로 진정한 기쁨을 느꼈습니다. 물론 더 어릴 때도 그만한 기쁨이 없지는 않았겠지만 이 글을 쓰면서 가장 먼저 떠오른 것이 아버지와 함께 남다리를 건너던 비 오던 날의 초등학교 입학식이었지요.

무대 중앙으로 빨간 옷자락 펄럭이며 또 다른 여인이 나타나는군요. 요령을 사정없이 흔들어요. 북채를 높이 쳐들고서 훌쩍 무대를 뛰어넘어 나르듯이 북이 있는 곳으로 갑니다. 흰옷 남자는 엇갈려 반대 방향으로 갔고요. 그 와중에 맨 처음 아련히, 어쩌면 처연하게 앉아 있던 흰옷 여인이 쓰러졌네요.

우어! 우우—

나모라 다나다라 나막 하리나야 갈마 사다야—「신묘장구대다라니」를 읊는 소리 장중하게 들려와요. 너무 처량한가요? 흰옷 여인에게 불행이 닥친 것 같아요. 빨간 옷자락 나붓나붓, 느릿느릿 춤사위를 벌이네요. 사색에 잠긴 듯이 너울너울 빨간 옷자락을 위로 쳐올리기도 해요.

느리고 장중한 가락에 맞춰서 엉금엉금 기듯이 힘겹게 흰옷 남자가 쓰러진 여인에게 다가왔어요. 손 이끌어 조심스레 잡아보는데 그럴 수 없도록 비통해하는 표정, 아버지도 보고 계신 거죠? 땅을 쳐도, 발을 굴러도 그 슬픔 다하지 못할 것 같군요.

아버지!

저는 저녁마다 대학로 나들이 구명시식 현장에 나와서 아버지의 위패位牌 앞에 꿇어 엎드려 피처럼 붉은 울음을 삼켰습니다. 우리 곁에는 구명시식을 집전하시는 C 법사님이 항시 계셨고, 저처럼 기도를 드리는 다른 많은 후암 가족들이 있기 때문만은 아니었습니다. 저는 다리를 뻗치고 앉아 목 놓아 통곡이라도 해야 할 것 같은 심정이었어요. 아버지! 저는 긴 세월을 특별히 울지 않아도 늘 눈물에 젖어 살아왔어요. 저는 더는 울보가 되지 않기 위해 그만 울보의 삶을 청산하려고, 아니 이제부터는 아버지 말씀대로 잠잘 때만 입을 다물되, 쉬지 않고 흥얼흥얼 즐거운 노래를 부르기 위하여 아버지의 위패 앞에 경건하게 무릎 꿇었습니다.

아버지 잘 보고 계신 거죠? 힘드시면 참지 말고 말씀하세요. 지루하면 그렇다고 저에게만 슬쩍 말씀하세요. 아버지 그래도 이런 신식 천도재 연극을 예전에는 보신 적 없으셨잖아요? 이게 아주 참신한 천도재랍니다. C 법사님 창작품이니까요. 볼 만하지 않으신가요? 저도 사실 좀 신기해요. 처음에는 어리둥절했어요.

구명시식이라 하면 흔히 우리가 알기로는 사찰에서 돌아가신 분들을 위하여 음식을 진설하고, 그분들이 좋은 곳으로 가도록 스님들이 지극정성으로 불공을 드리는 거잖아요. 6 · 25

전쟁 때 돌아가신 외삼촌도 절에서 그렇게 천도를 해드렸잖아요. 그런데 이건 좀 특이해요. 불공 대신 여러 형태의 음악과 춤이 있어, 그 자리에 모인 죽은 자와 산사람 모든 이들의 영혼을 울려주는 겁니다. 눈물을 펑펑 쏟게 하는 거예요.

대다수의 영가들은 그들이 살아있을 때 즐겨 부르던 노래를 신청하기도 하나 봐요. 형체만 없을 뿐 정서는 우리와 똑같다고 C 법사님이 말씀해주셨어요. 아버지께서는 아마도 '황성 옛터'가 18번이 아니던가요? '얼룩배기 황소'를 더 잘 부르신다고요? 그래 봐야 아버지의 레퍼토리는 거의 단일종목 그 선에서 그치지 않았나요? 제가 어렸을 적에 듣던 아버지의 노래 중에 제일은 단연 '황성옛터'였어요.

황성옛터에 밤이 되니 월색만 고요해
세상에 허무한 것을 말하여 주노라
아아 가엾은 이내 마음 그 무엇 찾으려고
끝없는 밤의 거리를 헤매어 왔노라

아버지. 이 노래 어딘지 쓸쓸하고 애달프군요. 일제강점기 시대 민중의 절망을 읊은 것 같아요. 아버지께서도 서서히 노래 곡명을 바꾸실 필요가 있을 것 같아요. '돌아가는 삼각지'라든가 '낙엽 따라 가버린 사랑' 같은 비감한 노랫말은 피하는 게 좋다는 말을 들은 적이 있어요. 말에도 씨, 혼이 있다고 하는군요. 저는 '봄의 왈츠'처럼 흥겹고 신나는 것이 좋고, 우울한 노래는 딱 질색이랍니다.

무대 분위기가 희망적으로 바뀌고 있네요. 여인 두 명이 출현하여 꽃비를 뿌리고 있어요. 하얀 꽃가루가 아리따운 여인과 그녀의 사랑하는 님 위에 나비처럼 내려앉아요. 남자에게 더 많은 꽃비 뿌려주는 것 같아요. 이게 축복인가요? 별리의 표시인가요. 저는 그냥 애절하게만 보여요. 꽃비 맞고 쓰러진 여인 스르르 혼자 일어나요. 아주 일어섰어요. 키도 크고 늘씬해요. 하늘나라 선녀처럼 우아하게 걸어가는 것 보이시죠? 무대조명이 왼쪽 오른쪽 갑자기 밝아진 느낌이에요. 징소리도 힘차게 울리다 이내 끊어지는군요.

"얘가 잠든 모양이구나. 집안에 노래 소리가 안 나는 걸 보니."

아버지는 늦은 밤 집에 오시면 잠든 척 이불을 뒤집어쓰고 있는 저에게 잘 때만 입을 다무는 애라고 어머니에게 말씀하시곤 했어요. 솔직히 제가 잘하는 게 어찌 노래뿐이겠습니까.

아버지께서 출장 갔다 집에 오실 때면 시집간 언년이를 따라 형제들과 함께 기차역에 나갔어요. 우리 형제들은 밤늦도록 화롯가를 돌며 노래하고 춤을 추었지요. 작은 오빠는 신명이 넘쳐서 쓰레기통을 두들기며 장롱에 들어가 연극까지 꾸몄지요. 아버지의 환영파티였어요. 둥그렇게 둘러앉아 아버지가 집에 안 계신 동안에 있었던 일을 각자 발표하며 장기 자랑을 펼쳤어요. 일종의 가족회의였고 오락시간이기도 했었지요. 정말 평화로운 날들이었습니다.

아버지. 흰옷 남자 고통스러운 듯 엎드려 있고, 빨간 옷자락 나부끼며 한 여인이 팔을 유연하게 길게 펼치며 가고 있어요. 꽃을 뿌리던 여인도 잠시 멈추었어요. 발걸음이 쉬이 떨어지지 않는가 봐요.

> 고향에 고향에 돌아와도 그리던 고향은 아니러뇨
> 산 꿩이 알을 품고 뻐꾸기 제철에 울건만
> 마음은 제 고향 지니지 않고 먼 항구로 떠도는 구름
> 오늘도 뫼 끝에 홀로 오르니 흰 점 꽃이 인정스레 웃고
> 어린 시절에 불던 풀피리소리 아니 나고 메마른 입술에 쓰디
> 쓰다 고향에 고향에 돌아와도 그리던 하늘만이 높푸르구나

이 노래 즐거운 기분 안 들어요. 제 마음이 그런가요? 이 노래는 봄날 보리피리 소리처럼 아련히 들려와야 하는 것 아닌가요. 보리밭 이랑에 아지랑이 피어오르고, 복사꽃 피는 마을 뒷산과 실개천이 아슴아슴 눈에 밟혀야 하는 것 아닌가요.

아버지 저도 노래 곧잘 불러요. 제 노래 실력 아버지가 더 잘 아시잖아요. 적당히 구슬프고 애절하고 감미로웠으면 좋겠는데요. 어쩐지 못내 슬프다가 중간에 그만 억세지는 감이 들지는 않으세요? 우리가 지금 이 자리에 와서 억세질 필요는 없어요. 또 슬퍼만 해서도 안되지요. 아버지와 저 오랜만에 만난 것이니까요.

일요일이면 아버지는 우리 형제들을 데리고 외할아버지가 계셨다는 용화사에 가시고, 법당에서 부처님께 절하는 법을 가르쳐주셨어요. 때로는 까치내 저쪽 긴 둑길을 걸어서 고기를 잡으러 갔어요. 까치내는 내륙지방에 사는 우리에게 바다처럼 반가움을 안겨 주었어요. 이름은 모르지만 물고기들이 바글바글했지요.

금천동 수밀도 과수원 원두막에도 함께 가주셨어요. 원두막에 앉아 아버지와 형제들과 함께 먹던 달콤하고 시원한 수밀도의 맛! 어찌 잊을 수 있겠습니까. 무심천 둑방에 벚꽃이 흐드러질 때 저녁을 일찍 먹고 가족 모두 벚꽃맞이 축제에 참가하곤 했지요. 다같이 꽃그늘을 걷는 거였어요. 우리 가족뿐 아니라 시민 전체가 벚꽃을 보러 총출동하는 시간이었어요. 벚꽃이 바람결에 풀풀 날리고, 무심천 물은 랄랄라 노래하며 흘러가는 것 같았어요. 손에 손을 잡고 얘들아 꽃 좀 봐라! 와아! 환희의 숨소리, 발자국소리, 말과 웃음소리. 그게 바로 단란함이고 흐뭇함이고, 봄밤의 정취였나요?

'그토록 그리움이' 노래가 흘러나오고 있어요. 아버지. 잘 들어보세요. 그리움처럼 지독한 게 또 없는 것 아니겠어요?

그토록 그리움이 떠나지 않으면

밤새워 초승달을 바라보아요

그래도 그리움이 떠나지 않으면

그대로 침묵하고 시인이 되어요

이것도 저것도 되지 않으면

그때는 걸어보세요 걸어보세요

사람이 드문 탱자길

사람이 가지 않는 수수밭 길을

그대로 바람이 되어 날아보아요

그대로 그리움이 되어서 날아보아요

그대는 그대는 그리움이고

그대는 그대는 사랑이라오

사랑이라오 사랑이라오

남자의 절절한 그리움, 애타는 연모의 정을 대변하는 노래 같아요. 그립고 그리우면 바람이 되어 날아보래요. 사람이 드문 탱자나무 길, 수수밭 길을 걸어 보라는군요. 아버지, 이 노래를 듣고 있으면 그리움에 온몸이 녹아내릴 것 같지 않으세요? 그립고 보고 싶어서 절규하고 있어요.

흰옷 여인 나타나더니 옛날 제가 어릴 때 듣던 동화, 은도끼 금도끼의 산신령 할아버지처럼 남자에게 도움을 주고 싶은 것 같아요.

'너는 누구를 찾고 있니? 내 다 알고 있어. 기다려봐, 내가 도와줄게.'

그녀는 속삭이듯, 춤사위를 펼치면서 남자 주위를 맴돌기도 하고, 가벼이 날아서 하얀 천을 자유자재로 흔들고 펼치며 남자에게 다가가요. 그 손에 한 여인의 형상을 소중히 안고서요. 다시 새로운 춤곡이 나오고 있네요. 맵시 나는 살풀이춤이 전개되는 순간입니다.

춤추는 여인이 앞으로 미끄러지듯 곧장 나아갔어요. 그녀의 여린 손가락이, 입매가, 눈빛이, 동작들이 날렵하고 매우 고혹적이네요. 남자 역시 힘을 얻은 것 같아요. 일어서며 사랑하는 그녀가, 내 님이, 못내 그리워서 찾아 헤매는 몸짓이군요. 비탄스러운 곡, 피리, 장고, 모두가 애달프게 흐느껴요. 남자가 허리 구부정한 채 계속 두리번거려요.

혹 이곳? 혹 저곳? 그대 내 님 어디 계신가요? 주저주저하면서도 절실해요. 지극한 애모의 정을 담은 눈길, 발길, 울고 있어요. 흰 천을 두 손에 감고 벌벌 떨기도 해요. 애간장이 무너지는 거지요. 그토록 그리움에.

마침내 춤추던 여인, 흰 천을 바닥에 떨구네요. 바닥에 떨구는 건 안 좋은 조짐이라면서요. 음악 소리, 이게 음악이 아니고 구구절절 서러움이고 애통이네요. 눈물이 폭포수되어 흘러내리는 것 같아요. 춤사위의 매력이, 신묘함이, 치마폭의 기막힌 선율이 우리의 마음을 흡인하는 것 같지 않으세요? 너무나 강렬해요.

아버지 많이 기뻐하세요. 어머니도 함께 오셨나요? 큰언니는요? 오빠들은요? 남동생은요? 아버지께서 남동생 늦게 낳아 얼마나 예뻐하셨나요? 그렇다고 딸들을 차별한 건 아니지만요. 아버지야말로 민주주의, 가정에서부터 민주주의의 표본, 실천자로서 훌륭한 아버지였지요.

아버지. 담임선생님이 앞장서서 저를 학급에서 왕따시킨 일, 제가 말씀드렸나요? 어제까지 우등생이고 모범생에다 무용부 활동을 했던 저를 담임선생님은 빨갱이라면서 툭하면 쥐어박고 상스런 말로 악독하게 매도했습니다. 월사금까지 밀려 놓으니 반 애들이 보는 앞에서 머리를 쥐어박고, 청소 당번은 으레 맡아 놓았습니다. 학교 가기 싫어서 한 달이면 보름 이상 집에서 쉬었고, 반 애들이 집으로 돌아갈 때쯤엔 장독대에 올라앉아 그 애들이 시끌벅적 지나가는 것을 먼빛으로 바라보았습니다.

인연의 강 물살. 서리서리 길고 질긴 월하노인月下老人의 강이 흘러요. 양쪽에서 서로 감아올려요. 아니 한 쪽은 감고 있는데, 팽팽한 그 끈을 잡고 남녀가 걸어 나오네요. 한 쌍의 남녀 보기 좋아요. 참 인연을 만난 것인가 봐요. 표정이 멋져요. 환상적이에요. 아주 천천히. 너무나 소중하고 너무나 경건해서 걸음이 무거운가요. 인연 줄을 얽고 얽어 두 사람 백년가약이라도 맺으려는 걸까요?

인연의 강물에서 노닐던 두 여인, 인연 줄을 그들 남녀에게 감아주려 부단히 노력해요. 그게 그들의 몫인가 봐요. 그들을 행복으로 안내하는 역할. 더 빛나게, 더 돋보이게, 더는 슬픔에 떨어지지 않게 조심조심 안타까운 듯이, 오래오래 어깨에 감아주고 있어요.

젊어서 간 영가, 두 남녀의 위패를 안고 있어요. 영혼 결혼식을 위한 무용수들의 임무는 그럭저럭 끝이 나는 것 같군요.

드디어 두 남녀 살포시 물에 잠기듯 마주 앉아 만단정화 나누어요. 가슴이 뜨거워지네요. 너무나 근사해요. 근데 이게 웬 소란입니까. 무슨 난리입니까. 회오리 광풍 몰아치듯 거친 음악 쏟아지고, 빨간 옷자락 펄럭이며 나타난 여인 사뭇 공격적이네요. 공포 분위기를 자아내요.

빨간 부채 큰 것 두 개를 양손에 쥐고 막 흔들어대요. 한 개는 그들 남녀에게 내던졌어요. 이번에는 요령을 들고 노도처럼 다가오네요. 부채만으로는 위협 사격이 부족한가 봐요. 남자가 요령을 빼앗았어요. 꽉 붙들고 놓지 않으니까 할 수 없다 싶었는지 그냥 내주었어요.

　나 같은 죄인 살리신 그 은혜 놀라와
　잃어버린 생명을 이제야 찾았네

　교회에서 성만찬 예배 때 부르던 찬송가가 울려 퍼지네요. 영가 결혼식이 잘 끝난 것 같아요. 아버지, 저는 매달 초, 첫새벽에 교회에 나가서 예수님의 피와 살을 먹고 마셨어요. 그 의식은 엄숙했어요. 눈물을 질금질금 흘리는 신도들도 꽤 있었지요. 저는 제 설움에 겨워 눈물을 흘렸지만요.

　시위하듯, 힘 겨루듯, 남자가 오른손을 활짝 펴서 빨간 옷자락을 향해 방어해요. 아니 피울음을 울고 있어요. 닥친 현실이 자신의 힘만으로는 어쩔 수가 없기 때문일까요. 빨간 옷자락 여인도 너무했다 싶은지 가슴에 손을 얹고 바라보네요.
　네 명의 여인이 다가왔어요. 빨간 부채 펴들고 남자와 여자를 데리고 가네요. 아쉬운 듯 뒤돌아보고 또 돌아보고 하면서 끌려가요. 눈물이 나요. 헤어져 가는 거지요. 헤어져서는 안

되는 사람들인데. 피치 못할 사정이 있나 봐요. 겨우겨우 어렵게 만난 거 아버지도 보셨잖아요.

남자와 여자가 강제로 끌려가는 때에 빨간 옷자락 휘날리며 한 여인이 무대에 나왔어요. 인연의 끈을 둘둘 말아 올리고 어디론가 가고 있어요.

아버지. 숨 가쁘지 않은가요? 저는 아주 힘이 드네요. 기침을 하도 해서 목에서 피가 넘어올 것 같아요. 많이 아파요.

아버지. 어린 저는 친구들 집안은 전쟁을 겪었어도 별 탈 없는데 우리 집만 뒤죽박죽인 게 영 이해가 안 되었습니다. 더 속상한 것은 그 많은 결석일수에도 불구하고 성적이 좋았으나 학교생활에 고초를 겪어야 했습니다. 순탄치 않게 된 건 학업뿐만이 아니었습니다. 6·25 전쟁 이후 순탄이란 단어는 제 인생에서 영영 강 건너 갔습니다. 저의 심신 모두 지글지글 오래도록 아팠습니다.

아버지. 곧 나들이 구명시식의 클라이맥스가 전개됩니다. 잘 보셔야 해요. 아마도 청춘남녀의 영혼결혼식을 올리는 것일 겁니다.

오직 사랑뿐Only love, C 법사가 지은 새 노래가 나오네요.

먼저 드리고 다시 먼 곳 채우는 사랑은
마중물 마중물이라지요

먼저 부어야 또 함께 따르는 사랑은

마중물 마중물이라지요

사랑이 좋아 인연을 맺지만 그 속에 이별이 있고

내가 선택한 삶은 아니지만 그 속에 죽음이 있네

꽃은 피어도 소리가 나지 않고

새는 울어도 눈물을 보이지 않네

사랑은 불태워도 연기가 나지 않습니다

가진 것도 또한 줄 것도 없으니

드릴 수 있는 것은 오직 사랑뿐

All I give to you is nothing but love

Only love all I give to you

All I give to you is nothing but love

Only love all I give to you

지극하지 않은가요. 어쩌면 또 사랑이란 게 섬뜩하지 않은가요. 저는 이 노래를 듣고 있으면 기절할 것 같아요. 연기 나지 않는 사랑, 과연 누가 실현할 수 있을까요.

나들이 구명시식이 한참이나 진행될 무렵에 저는 뒤늦게 할아버지 위패를 모셨어요. 얼굴은 고사하고 사진 한 장 본 일 없는 저의 할아버지. 스님이신 외할아버지와 밤을 지새우며

시문詩文으로 문답하셨다는 할아버지 전설을 이제 누구에게 들어야 하겠습니까.

저의 부리부리한 눈매가, 사흘을 굶고 앓아누워도 스러지지 않을 듯한 형형한 눈빛이 할아버지를 닮았다 했지요. 불의와 타협하지 않는 저의 왕고집이 생전의 할아버지였다면서요. 아버지께서 그리 말씀해주시지 않았습니까. 어머니에게는 그래서 제가 더 야단을 맞았고요.

사랑도 먼저 마중물을 부어야 사랑이 성립하는 것 같아요. 그렇담 이들 두 영가는 누가 먼저 마중물을 부었을까요. 그건 어려운 질문이 아니지요. 제 생각엔 둘 다 동시에 사랑의 마중물을 쏟아부었을 것 같거든요.

신부의 눈부신 자태를 보셔요. 이십 대의 저를 상상해보시면 짐작이 가실 거예요. 그러나 아버지가 안 계신 눈물 바가지였던 저의 결혼식, 그러니 아버지 그저 상상만 해보시기 바랍니다. 돌아보기조차 괴로웠던 고궁 결혼식. 그 결혼식으로 제가 L 교수님이 OO일보에 집필하는 장편소설의 주인공이 되는 거였어요. L 교수님의 뜻에 순종한 그 극적인 결혼, 왜 했는지 저는 후회스러워요.

늠름한 신랑, 웨딩 옷도 특별하고 우아하네요. 청사초롱을 든 여인들이 각각 뒤따르고 있어요. 숭고해요. 아름다워요.

어머나! 객석을 향해 큰절 올리네요. 모두들 박수를 쳐요.

아버지. 우리도 힘껏 박수쳐요. 저의 결혼식이라고 한번 생각
해 보시면서요.

아버지! 저의 결혼생활은 그러나 아버지의 상상만큼 행복
하지 못했습니다. 동으로 서로 오로지 첩첩산골이었습니다.
동지섣달 설한풍이었습니다. 무시와 소외의 나날이었습니다.
가난보다 더 못 견딜 것은 외로움이었습니다.

아버지, 이런 표현 합당하지 않은가요? 그 사항에 대한 발
언은 가능한 한 피하려고 합니다. 제가 지은 전생의 업보, 타
고난 운명일 테니까요. 더 털어놓아 무엇이 유익하겠습니까.
아버지 가슴만 아프게 할 것을 아는데요.

아버지. 이 나들이 구명시식, 처음 시작하던 날은 아득히
멀어 보이던 것이 벌써 스무날입니다. 대견하지요. 장하지요.
제가 기침을 콜록콜록 쉴 새 없이 하면서 잘 견뎌낸 것이지요.
이제 이 역사적인 단체 천도재, 나들이 구명시식은 단 하루가
남아 있습니다.

아버지. 저기, 보이시죠? 꿈꾸듯이 행복하게, 웨딩 행렬이
지나가고 있어요.

꿈처럼 아름답던 사랑이여
별처럼 행복했던 사랑이여

가사도 노랫소리도 힘이 느껴지네요. 희망이 샘솟는 것 같고 남녀가 같이 부르니 화음이 잘되고 있어요. 단아한 여인 둘이서 청사초롱을 받들고 신부와 신랑을 호위해요. 춤추는 여인 부케 들고 납신납신, 다소곳하면서도 열정적으로 춤을 춰요. 결혼 축하의 뜻이 포함되어 있을 거예요. 마지막으로 춤추는 여인이 우리를 향해 공손히 절해요. 사랑스러워요.

혹 이 여인을 보시면서 아버지께서는 희경언니가 생각나지 않으셨나요? 엘리자베스 테일러보다 더 사랑스러운 우리 언니의 뛰어난 미모 말입니다.

아버지도 절 받으시고 행복하세요. 이 장소에 오신 분이면 누구나 다 절을 받는 거랍니다. 오늘 정월 대보름날, 밖에 나가면 달이 휘영청 밝을 거예요. 이 밤은 아버지를 위한 밤입니다.

아버지, 내 아버지.

살아 계신 동안 서운했던 것, 속상한 것, 억울한 것, 못다 한 것 몽땅 떨쳐버리세요. 나들이 구명시식에 초대받으신 이상 안락을 누리셔요. 새 희망을 품으시고 후세에 나시면 아름다운 삶 누리시옵소서. 소원 이루소서.

아, 그러나 아버지, 눈물이 자꾸 흘러내립니다. 억울하게 돌아가신 아버지께서도 감회가 깊으셨을 것, 이 자리에 오셔서 눈물을 흘리고 계신 것은 아닌지요. 병석에 누우신 채 마지막으로 제 등록금을 챙겨 주시던 아버지의 손길을 생각하면 저도 벅차오르는 눈물 차마 주체할 수가 없습니다.

임종 직전 연희동 애(바로 저)를 애타게 찾으셨다는 어머니. 올케에게 '검은 기차 타고 가신다면서 왜 연희동 애는 안 오느냐'라고 채근하셨다는 어머니도 여기 오셨을 것입니다. 미모와 재능에서 빠질 게 없는 큰언니 영가도 '희야! 고맙다'라고 하시며 수박 채반을 안고 제 곁에 와 계실 것입니다. 큰언니는 특별히 수박을 좋아하셨거든요. 그리고 위패는 따로 모시지 않았지만 두 오라버니와 남동생도 부모님 따라 이 자리에 틀림없이 왔을 것입니다.

'아아! 이런 형태의 천도재가 다 있냐. 그렇다면 나는 찬송가를 부르고 싶은데' 하고 밉지 않은 투정 부리며 큰 오라버니는 '갈보리 산 위에 십자가 섰으니' 하고 찬송가를 뽑으셨을지도 알 수 없어요. 아버지. 작은 오라버니의 '내 고향 남쪽 바다 그 파란 물 눈에 보이네'도 흥겹게 들려오는 듯합니다.

아버지.

저는 아버지를 그립니다. 저의 노래와 글짓기에 대하여 칭찬해주시던 다정했던 아버지의 목소리에 저는 용기가 솟곤 했습니다. 우리 형제들이 춤추고 노래할 때, 아버지가 나직이 부르시던 '얼룩배기 황소'를 이따금 흥얼거려보기도 합니다. 잘못을 저질렀을 때 유머로 깨우쳐 주시던 아버지의 사랑이 이 밤 눈물겹습니다.

아버지의 큰 꿈이 허망하게 무너진 1950년 그 여름을, 남주 동 집 앞뜰과 뒤뜰에 어우러졌던 여러 종류의 식물과 꽃향기를 추억합니다.

아버지께서 저에게 주셨던 형제간의 우애. 어려운 이웃 돕기. 어른 공경의 교훈을 평생 잊지 못합니다. 단지 공부 많이 해서 동생들을 도와주라 하신 그 말씀을 제대로 실천하지 못한 죄책감은 남지만요.

아버지. 나들이 구명시식 공연이 흐느끼듯 무언극으로 진행되는 것을 지켜보며, 때로는 맑은 노랫소리에 제 영혼을 흠뻑 적시면서 내내 속울음을 토해냅니다. 소리도 눈물도 없이 애간장이 녹아내리는 울음입니다. 그러나 아버지. 이제는 슬프고 싶지 않습니다. 그 대신에 저는 아버지 생전에 다 부르지 못한 노래를 불러보고 싶습니다. 원주 변씨 가문의 딸로서 비명에 가신 아버지의 이름을 빛내야만 하는 것입니다. 저는 그렇게 모진 세파와 세상의 냉대에 맞서 왔고, 아버지의 자존심을 우선으로 생각하고 어떤 일에나 의연하고 당당했습니다.

아버지! 그해 봄. 제가 지원한 여자대학 입학시험 합격자 명단이 신문에 발표되었을 때, 제 이름자를 발견하시고 크게 기뻐하시던 아버지 모습을 다시 재현해내고자 합니다. 아버지에게 그보다 더 큰 기쁨을 안겨 드리고 싶습니다. 저는 할 수 있습니다. 저는 아버지의 딸이니까요.

"너는 변가란다. 원주 변씨 알겠니?"

유난스러울 정도로 조상님 제삿날을 챙기시던 아버지가 생각납니다. 와이셔츠에 넥타이로 맵시 낸 후 제사상에 절하시던 아버지의 지극한 정성이 새삼 클로즈업됩니다. 호탕하고 미남인 아버지. 어려서는 신동 소리를 들으며 자랐다는 아버지. 사업에서도 도깨비방망이를 얻은 듯 불 일어나듯 탁월한 수완을 발휘하셨다는 아버지. 저의 윗 형제 모두 그러그러한 여파로 일찍 세상을 떠난 사연… 아아, 회한과 서러움이 가슴 가득 차오릅니다. 이제 제가 남아 부모님이 못다 이룬 소원, 언니 오빠들이 품었던 꿈을 이루고자 아버지의 영전에 엎드렸습니다.

아버지! 영혼을 어루만지듯 그윽한 가락 흐르고, 영무靈舞가 아름다워 구천을 떠돌던 뭇 영가들이 위로받으며, 그들 후손들과 함께 회포를 푸는 시간입니다. 저의 부모님과 형제들도 부디 이 자리에 오시어 세상에 살았던 날의 억울함과 원통함을 내치시고, 원수들과 화해의 손길을 나누시기를 빕니다. 이 밤은 우리들의 밤 그리고 아버지의 밤이니까요.

눈물이 심장을 적시고 봇물 터지듯 콸콸 흘러 전신에 번집니다. 울지 않으려 눈 부릅뜨고 입술 깨물어도 아버지, 그러나 이것이 슬픔의 감정만은 아닌 듯싶습니다. 특별한 나들이 구명시식에 동참해서 생시의 가족들을, 그리고 아버지를 추억하는 것만으로도 저는 큰 위안을 받습니다.

아버지께서는 진즉에 화를 눅치시고 훨훨 하늘나라를 여행하고 계신지도 모릅니다. 아버지는 자신보다 남 생각을 더 하셨으니 다른 영가들과도 쉬이 친해져서 하늘나라 멀리멀리 광속光速을 날아 그 여행이 마냥 유쾌하시리라고 믿는 눈물입니다. 어머니와도 그깟 한여름 밤의 악몽 같은 일 따위로 말다툼을 하시지 않을 거라 여겨집니다. 어머니도 가녀린 여인의 몸으로 남과 북 양쪽에서 당할 만큼 다 당하셨으니까요.

그 어떤 유명한 배우보다 더 늘씬하고 매혹적인 언니가 휴전 직후 학교 안 가고 임춘앵 악극단에 들어갔다고, 언니의 머리채 휘어잡고 집으로 데려온 일, 아버지 더는 논하지 않으실 걸로 압니다. 그 바닥에서 주연 맡기는 쉬운 일이겠습니까. 영리하고 총명한 언니가 연극에라도 미쳐버린 게 오히려 다행이지 않았습니까. 어찌 그 시절 교실에나 편하게 앉아 있을 수가 있었겠습니까.

9·28 수복 무렵에 집으로 쳐들어온 국군, 성난 사냥개같이 화가 난 아군의 발길질에 그만 삶의 지표를 잃은 듯, 시름거리고 앓던 오빠들에게도 아버지는 노여움을 푸시고 자애로운 부

정을 회복하셨을 것으로 짐작이 되옵니다.

　'우리는 공산주의자들에게 총을 겨눌 이유가 없습니다. 그
들 역시 우리의 형제인 태국인들입니다. 그들이 산에서 내려
오거나 필수품을 구하기 위해 마을로 가다가 나와 마주치면
우리는 서로 아는 사이이기 때문에 나는 그들에게 새로 산 손
목시계를 보여주거나, 신형 라디오에서 흘러나오는 음악을 들
려줍니다. 그러면 그들은 사회주의자의 길을 포기합니다.'

　어디서 읽은 글인지, 누가 한 말인지 아버지도 알고 싶으시
다고요?

　딸아이가 여러 번 권해 못 이기는 척 지하철을 타고 가며오
며 책을 읽었는데요. 다른 일 제치고 반드시 읽어야 할 책이었
어요. 『술 취한 코끼리 길들이기』를 저작한 '아잔부라흐마'라
는 스님은 인간의 '화'에 대해서 가르침을 주려고 태국 공산주
의자의 예를 든 것 같아요. 우리의 삶 속에서 화가 얼마나 무
서운지는 틱낫한 스님의 『화』에서도 읽었지만요.

　저의 오라버니들은 그만 엄청난 전쟁, 화의 제물이 되고 만
것 아니겠습니까. 왜 군화발로 짓밟은 것입니까. 전쟁을 누가
일으켰는데요. 겨우 열한 살, 열셋의 어린 소년들이 왜 당해야
합니까?

　아버지. 굳이 말한다면 험한 세월 탓이지 누구의 잘못도 아

니란 말입니다. 아버지도 어머니도, 겨우 열여섯이던 언니와 소년티가 겨우 났을까 싶은 사춘기의 오빠들에게 아무 죄가 없다는 것을 저는 잘 알고 있습니다. 왜 오빠들이 구둣발에 채입니까? 때를 잘못 만난 것인데요. 나라의 때, 국민의 때를요.

시공간을 헤매던 영혼들이 이 밤 편안하게 그들의 처소로 돌아가는 기척이 들립니다. 아버지의 익숙한 발걸음 소리도 들려오는 것 같습니다.

오늘은 아버지의 밤입니다. 아버지의 딸이, 돌아가신 가족들의 평안을 위해서 마음 다해 합장하고 기원드리는 축복의 밤, 산 자와 죽은 자가 소통하는 밤, 이익을 얻는 밤, 나들이 구명시식 공연의 밤입니다.

아버지!

저는 무시로 아버지가 그립습니다. 대청호 언덕의 선산을 자주 찾는 이유도 대청호의 잔잔한 물결을 바라보는 가운데 행여 그곳에서 몇 백 년은 족히 살았을 소나무의 큰 등걸에서라도, 아버지의 흔적을 회고해 볼 수 있지 않을까, 아득히 먼 날의 아버지에 대한 작은 기억이라도 변씨 일가붙이의 증언을 통해서 전해 들을 수 있지 않을까 하는 막연하면서도 간절한 소망이 있기 때문이었습니다.

남자 형제들이 한 명 남지 않고 모두 저세상으로 떠나버린 후 저는 아버지 제삿날조차도 기억하지 못하고, 친정의 의미도 저만큼 멀어져 있지만 아버지에 대한 그리움만은 전혀 퇴색하지 않았습니다.

아버지!

어머니, 언니, 오빠들 그리고 남동생, 모두 함께 살펴 가시옵소서. 저도 총총히 경기도의 먼 집으로 돌아갈 시간입니다.

영혼 사진관

때아닌 비가 주룩주룩 내린다. 봄꽃이 피어나면 기다렸다
는 듯이 퍼붓는 비. 거친 빗줄기가 이제 막 새잎이 돋아나기
시작하는 라일락 나무를 강타한다.

비가 와도 전에는 운치가 있었다. 낯모르는 사람이 우산 속
에 뛰어들어도 가슴 설레는 낭만으로 간주되었다. 비바람이
우산을 뒤집어 살을 분지르거나 옷자락을 흔들어대는 일은 드
물었다. 참빗으로 머리칼을 빗어 내리듯 가지런히, 무지개도
슬쩍 비치면서 속삭이듯 내렸다. 때로는 천둥 번개가 요란할
때도 있었지만 지금에 비하면 그것은 약과였다. 요즘의 비바
람은 종잡지 못할 만큼 광적인 요소가 다분하다고 느끼면서
현숙은 집을 나섰다.

선지식, 선각자를 찾아서 막연하면서도 절실한 동경과 환

상이 그녀의 등을 떠밀었다. 이런 염원과 바람들이 그녀 내면에서 사라지지 않는 한, 억수가 쏟아지든 말든 선지식 선지자 찾기 강행군은 중단될 조짐이 보이지 않는다.

선지식 즉, 스승은 우왕좌왕하는 인간들에게 바른길을 인도해주고 본질적인 자아를 눈뜨게 해주는 귀한 존재가 아닐 수 없다. 그 귀한 존재인 선지식을 그녀는 빗속에 직접 찾아나서기로 작정했다.

『화엄경』 입법계품에도 선재동자가 선지식을 찾아 멀고 험한 구도의 길을 떠나고 있지 아니한가. 선재동자는 언제나 선지식 섬기기를 좋아했으며, 선지식을 만날 때마다 새롭게 눈을 뜨게 되듯이, 그녀는 선재동자라도 된 양 스스로를 변호하며 빗속을 걸어갔다.

선재동자가 만난 53 선지식 가운데는 뱃사공, 부호, 현자, 바라문, 이교도, 왕뿐만 아니라 동남동녀 심지어는 도둑, 매춘부까지 포함되어 있었다. 선재동자는 '선지식을 찾는 일에 지치거나 게으르지 말고, 선지식을 보며 만족한 마음을 내지 말며, 선지식의 가르침에 그대로 순종하고, 선지식의 교묘한 방편에 허물을 보지 말라'는 문수보살의 가르침을 들었다. 사회적인 신분이나 지위에 연연하지 않고 무슨 업을 가지고 있든지 간에, 그 업에서 통달한 사람이면 불법에 관계없이 누구나 스승으로 삼았음을 알 수 있었다.

아파트 단지 화단에서 라일락 나무는 잔뜩 움츠리고 있었다. 추운 겨울을 견디고 겨우 꽃을 피우더니 하룻밤도 못 넘기고 예쁜 꽃잎은 죄다 찢기고, 땅바닥에 떨어졌다. 라일락 나무는 어린 꽃잎이 더는 찢어지지 않도록 기껏 움츠리거나 했지 달리 뾰족한 방법은 찾을 수가 없는 모양이었다.

그녀의 마음 상태 역시 이리저리 찢어지고 뜯겨 만신창이가 되어서 스스로의 힘으로는 수습이 어려워졌거나, 막강한 어떤 외세의 힘에 의지해야 하는 처지에 도달했다고나 할까. 이런 류의 고민과 갈등을 전에도 무수히 겪어왔고 마음 한구석에 항상 존재해온 것이어서 그녀는 끝없이 무엇인가를 찾아 헤맸다고 해도 과언이 아니다.

기존 관념과 의식을 바꾸어줄 어떤 대상을 만나는 것, 그것이 무엇인지는 명쾌히 설명할 수는 없었다. 다만 찾아야 한다는 것, 그리고 찾을 수 있을 거란 무식한 믿음이 있었다. 한편으로는 먼 데 있는 선지식 찾아 헤매지 말고, 자신이 먼저 선지식이 되어보면 안 되겠는가 하는 자각도 들었다. '정말 불쌍하기 이를 데 없는 중생이구나'라고 자조하듯 중얼거리며 그녀는 지하철에 올랐다.

중견 소설가 J 씨의 단편소설에서 현숙은 한 사나이를 만났다.

그해 봄에도 그녀는 그 무엇인가를 열심히 탐색하고 있었다. 특이하면서도 참신한 것. 이제까지 보아왔던 것들과는 확연히 다른 무엇, 그것이 그녀의 방황을 멈추게 할 정도로 획기적일 것, 대개 그와 같은 불타는 열망이 그녀의 자아 저변에 깊숙이 자리하고 있다고 해야 옳았다.

"정말 이런 분이 계십니까? 장태웅 법사라는 분, 실재인물 맞습니까?"

그녀는 그 소설을 쓴 J 씨에게 전화를 했다. 호기심이 발동한 것이다. 한 줄기 태양 광선이 새어들 듯 기대도 컸다. 그녀는 당장이라도 달려갈 듯이 서둘렀다. 애매하긴 하지만 어떤 예감이 있었다. 자신의 정체성을 규명해내기 위하여 더는 헤맬 필요가 없어진 것처럼 당당하기까지 했다. J 씨의 반응은 냉담했다. 소설 속에 등장하는 그분이 계시는 곳이 어디인지 전화번호를 알려달라고 요청했으나 그는 거절했다.

"거 별거 아니에요. 미신 뭐 그런 거야…."

J 씨는 한마디로 일축했다. 그녀는 그 소설을 한 번 더 읽어보기로 했다. 읽을수록 궁금했다. 소설 속의 '장태웅 법사'라는 사람이 실재인물이 맞을 거라는 확신이 섰다. 그 후로도 몇 차례 더 전화를 해보았으나 J 씨는 어떤 이야기도 해주지 않았다.

봄이 덧없이 짧게 지나갔고, 여름은 찌고 무더웠다. 스산한 늦가을로 접어들자 그녀는 못 견디는 심정이 되었다. 가을이란 계절은 지난날을 돌아보게 하고, 많은 것들을 생각나게 한다. 삶의 근원적인 문제, 미래에 관한 끝없는 불안감, 연원을 알 수 없는 막연한 그리움과 빈 가슴, 어디론가 정처 없이 떠나기엔 더없이 좋은 조건이었다. 곧 무서리가 내리면 산과 들의 푸르름이 죄다 사라질 시점이었다.

강남 고속터미널로 달려갔다. 11월의 바람이 그녀의 두 뺨을 발갛게 얼게 했고, 설렘과 모험심이 그녀의 바바리코트 안에서 요동치고 있었다. 유성행 우등고속버스의 맨 앞 좌석에 앉자 그녀는 모종의 스릴마저 느꼈다. 여행은 계절에 관계없이 포근한 안식을 선사했다.

가을걷이가 이미 끝난 빈 들판을 바라보며 그녀는 등받이에 몸을 기대고 편안한 자세를 유지했다. 쌀쌀한 늦가을 새벽에 홀로 집을 나섰다는 게 대견하기만 했다. 무엇인가 찾거나 얻어서 돌아오겠다는 결연한 의지가 있었다. 걱정이라면 단지, 지금 가고 있는 곳이 어디인지 정확히 모른다는 사실이었다. J 씨에게서 대전 또는 유성이라는 지명만 들었지 자세한 지명에 대해서는 들은 바가 없다.

그녀는 알 수 없는 자신감이 불끈 솟았다. 여러 정황으로 미루어 보건대 분명히 좋은 조짐일 것이라는 암시가 왔다. 무엇을 위해, 왜, 어디를 가는지 잘 모르고 있다는 자체가 좋은 조짐의 한 증거였다.

고속버스는 새벽 안개를 헤치고 달려갔고 그녀는 깜박 잠이 들었다. 고속버스의 큰 바퀴 구르는 소리와, 버스 안의 TV 소리가 최상의 자장가였다.

까마득히 높은 허공에서 뛰어내렸는지 아니면 나비처럼 사뿐히 내려앉았는지 눈 깜박할 사이에 이상한 나라에 들어와 있었다.

하늘을 향해 치솟은 첨탑 같은 건물이었고, 화강암으로 조성한 듯한 불상도 보였다. 금 도금한 황금 불상은 아닌 듯했다. 그녀는 그 앞에 서서 합장을 하고 있는 모습이었다. 근처에 마을이나 다른 형태의 건물은 보이지 않았다. 그녀는 합장한 채 서 있었고 동서사방은 더없이 적요했다. 새소리도 목탁 소리도 들려오지 않았다.

그녀 옆에 감을 잡을 수 없는 다른 한 사람이 그림자처럼 밀착돼 있었다. 도반인지, 그녀와 동행했는지, 그렇다면 어디서부터 그와 함께 했는지조차 알 수 없었다. 그녀는 실제보다 키가 커 보였고 옆에 있는 사람도 키가 훌쩍 컸다. 옆에 있는 사람이라고 표현했으나 그 사람이 어쩌면 그녀의 또 다른 형상이거나 동일한 인물이라는 추정도 가능하게 했다. 왜냐하면 그 사람은 그녀와 일거수일투족이 거의 일치하고 있기 때문이었다. 눈짓을 하거나 무슨 지시를 한 것도 아닌데 동시에 행동거지가 척척 맞아떨어지고 있었다. 희한한 꿈이었다.

강남고속터미널을 출발한 지 두 시간 정도 지나자 서울의 잠실운동장처럼 생긴 돔 형태의 큰 건물이 나타났다. 그녀의 목적지 유성이 지척으로 다가왔다. 꿈까지 꾸었으니 두 시간은 잠시였다. 버스에서 내려 그녀는 곧바로 대기하고 있는 택시에 탔다. 그리고 서울의 소설가 J 씨에게 전화를 했다.

"선생님. 제가 지금 대전 유성에 도착했어요. 기사 아저씨에게 길 좀 안내해주세요!"

그녀는 자신의 핸드폰을 기사 아저씨에게 건네주었다. 길가 풀섶에 하얗게 서리가 내려 그것은 흡사 희끗희끗 망초꽃이 핀 것처럼 보였다. 그들의 대화에서 한밭대학교라든가 수통골, Y자 형상이라는 낱말이 흘러나왔다. 그녀는 미소를 지었다. J 선생님도 일이 이쯤 되니 가는 길을 가르쳐주지 않을 수가 없었을 것이다.

택시기사는 수통골 유원지 방향으로 질주했다. 행인들에게 몇 차례나 묻고 또 물은 다음, 차를 되돌려 돌아가는 사이 시간은 빠르게 흘러갔다.

계룡산 자락에 뚜렷이 보이는 Y자 형상을 대전에 살고 있는 택시기사가 모른다고 한다. 잘 알려진 명당에 대해서 택시

기사는 전혀 관심이 없는 모양이었다.

앞을 가로막은 높은 건물도 다른 산도 없어 누구의 눈에도 잘 띄는 계룡산 줄기였다. 그 산 아래쪽 그녀가 찾고 있는 후암정사가 있었다. 후암정사 전면에는 지은지 얼마 되지 않은 전원주택들이 너른 채마밭을 거느린 채 포진하고 있었다.

그녀는 수통골로 드라이브 시켜준 요금까지 넉넉하게 지불한 다음, 마당을 가로질러 법당 건물을 향해 뛰어갔다. 법당이라고 하기보다는 조촐한 별장 같은 인상을 주었다.

"와아! 찾아왔어. 왔다니까."

그녀가 탄성을 질러대며 계단을 올라갔다. 좁은 계단에 많은 사람들이 조롱조롱 붙어 앉아 있다. 2층 법당으로는 들어갈 엄두도 낼 수 없다. 그녀는 간신히 발을 디디고 벽에 붙어 섰다. 들리는 것도 보이는 것도 없다. 유성 후암정사를 찾아간 첫날의 감회는 아쉬움이었다.

종아리가 뻣뻣해질 무렵 법회가 종료되는 기미가 왔다. 기타 소리와 함께 노래가 들려왔다. 이곳의 법회는 노래로써 사홍서원이나 반야심경을 대신하는 눈치였다.

그녀는 법당으로 올라갔다. 더운 기운이 훅 끼쳐왔다. 법당 면적에 비해 훨씬 많은 사람들이 모여 있었다. 사람들 사이로 연두색 개량 한복을 입은 덩치 큰 한 남자가 만면에 웃음을 띠고 한 사람 한 사람 손을 잡아주는 게 눈에 들어왔다. 바로 그 순간, 그가 J 씨의 소설에 등장한 바 있는 '장태웅 법사'가 맞을 것이라는 직감이 번득였다.

"어? 뭐 타고 왔어?"

연두색 개량 한복의 사나이가 그녀에게 물었다. 그는 예전부터 잘 알고 있던 사람처럼 그녀에게 차편에 대해서 물었다. 그의 소담하고 두터운 두 손아귀에 손을 잡힌 채, 그녀는 할 말을 찾지 못했다. 사람의 속내를 한순간에 꿰뚫는다는 영능력자 C 법사와의 역사적인 첫 만남이었다. 그의 앞에만 서면 사람의 영혼이 그의 신비한 렌즈에 포착되어 즉시로 전후생의 스토리가 낱낱이 투영된다고 하던가.

환자들이 큰 수술을 받기 전 병의 정확한 진단을 위해서 필수적으로 찍어야 하는 MRI 검사, 결과를 검토한 후 수술을 시행하든지, 약물요법으로 치료하든지 의사들은 신중하게 결정을 했다. MRI는 수술을 하기 전 최종 단계의 진단 방법이었다. 그녀는 척추이식 수술 전에 MRI 촬영을 위해 괴상한 통속으로 미끄러져 들어가던 공포스런 기억이 살아났다. 그녀는 오래 서 있기도 했지만 부르르 몸이 떨렸다.

남자의 첫인상은 수더분해 보였다. 눈과 입술 뿐 아니라 몸 전체가 함박꽃 같은 웃음을 넘치게 발산하고 있었다. 초면인데도 낯설지 않고 마주 대하기가 수월했다. 그 남자의 강력한 에너지, 곧 흡인력이었다.

그녀는 한 달에 한 번, 어떤 때는 두세 달에 한 번 나들이 가듯 유성엘 갔다. 법회가 끝나면 점심 공양을 들고 배 밭과 탱자나무 울타리 길을 걸어서 돌아오곤 했다. 무엇을 찾았나. 그는 최고 단계의 선지식인가. 여기가 최후의 종착점인가. 그 답을 위해서도 계룡산 여산신님이 상주한다는 유성법회에 부지런히 참석했다. 오고 갈 때는 그녀 혼자였다. 자신의 영혼과 대면하기 위해 고속버스로 떠나는 월례 행사였다. 전생의 그녀는 누구였을까. 현재는 또 누구로 살고 있는가. 그 해답을 C 법사의 유성법회를 통해서 조만간 찾을 수 있을 것 같은 희망에 부풀었다.

서울 잠실정사 가는 길은 유성 가기보다 좀 더 복잡했다. 유성은 여행가는 멋이라도 있다. 지하철을 한 시간 이상 타고 가서 다시 버스로 갈아타는 불편한 코스였다. 집에서 출발하여 가락동 시영아파트까지 왕복 네 시간은 잡아야 했다.

젖은 우산을 털고 2층 법당으로 들어섰다. 법당에는 우중임에도 많은 사람들이 대기하고 있었다. 줄잡아 백여 명이 넘는 인원이었다.

그녀는 뒤에 가서 조용히 앉았다. 누가 시킨 것도 아닌데 명상교실 초급반 수련생처럼 얼른 가부좌를 틀었다. 법당 안에 비치된 TV 화면에는 구명시식 장면이 펼쳐지고 있었다. 사람들은 치열한 삶의 현장에서 돌아난 방패와도 같은 거친 뿔, 날카로운 이빨, 가시, 세포들의 미세한 움직임과 호흡까지 구명시식이라는 엄숙한 제의祭儀에 맞추어서 조정되고 순화된 듯, 비디오 화면을 들여다보거나 책을 읽고 있거나 했다.

백두산 천지가 나타났다. 하늘에 뜬 흰 구름 권속들은 남과 북을 초월한 듯, 유유히 백두산 상공을 배회했다. C 법사 내외분을 선두로 백두산 영봉을 오르는 후암 가족들의 면면이 이어진다. 뉴욕 9·11 희생자를 위한 진혼제도 펼쳐졌다. 지난 몇 달에 걸쳐서 오고 갔던 유성 법당의 봄 여름 가을 겨울의 사계가 시처럼 아름다웠다.

두 시간이 훨씬 지났다. 서서히 무릎이 아파오기 시작했다. 골반뼈 떼어낸 상처 부위로부터 넓적다리에, 바늘로 콕! 찌르듯 미묘한 증세가 한 시간이 경과하면 어김없이 나타나곤 했다. 그 증세는 넓적다리를 지나 종아리와 복사뼈, 발등과 엄지발가락으로 신속하게 범위를 넓혀가며 통증을 가중시켰다. 그런데 신기하게도 그 고질적인 증세가 어디론가 증발한 것이다.

인간이 감지하지 못하는 특수한 기운이 작용하여 요추 5번과 천추 골을 이어 놓은 금속기둥이, 그녀의 방광과 신장을 압박하지 않도록 감싸주고 있는 것인가. 과도한 긴장 탓에 느끼지 못하는 것일지도 모른다.

마침내 청색 재킷을 입은 영통한 사나이가 대기자들의 간절함 속으로 출현했다. 유성에서 만난 바로 C 법사였다. 모든 이들의 눈빛은 구원의 등불을 바라보듯, 반가움과 외경심으로 가득 찼다. 가부좌를 풀고 편한 자세로 앉아 있던 사람들이 자세를 고쳐 앉는다.

한 달 전, 개인 면담을 신청할 당시에 그녀의 심경은 혼돈스러웠다.

면담이라고? 뭘 또? 솔직히 그랬다.

여기에 온 모든 이들, 그들은 중생살이 힘드니 도와주시라, 일자리 좀 마련해주라. 실생활과 직결된 난제들을 C 법사 영능력을 동원해서 해결해달라고 부탁을 하러 온 것이 아니고 과연 무엇이겠는가. 그녀는 많이 망설였고, 유성에 가서 듣는 생활 법문으로 만족하고 싶어 했다.

잠실정사는 거실거실 북데기가 일어나 나일론 양말을 긁던 다다미가 새것으로 바뀌어져 있었다. 그녀를 포함한 홀에 있는 사람들은 비디오 화면에 시선을 집중시키고 묵묵히 자기 차례를 기다렸다.

영혼의 먼지가 제거되어 영혼이 맑아지는 영혼세탁소. 영혼이 한 단계 업UP되고 진화하는 장소라고 생각하니 그녀는 지루하거나 졸리지는 않았다.

선지식에게 영혼을 점검받고 전생에 무슨 업보를 지어 현생으로 연결되었는지, 지금 겪고 있는 어려운 일들의 발원지가 어디인지, 아예 다 잊었거나 의식조차 없는 윤회 단계를 더듬어, 자기 자신을 조명해보는 귀중한 시간이기도 했다. 그것은 바로 영혼 사진관에 영혼을 찍으러 온 것과 다를 바가 없었다. 영혼에 무슨 문제가 생겨 있는지, 어느 시점에서 어느 부위에 병소가 깃들어 문제를 일으키고 있는지, 단 한 방의 영혼 사진으로 선명하게 판별해 낼 수 있었다. C 법사는 영혼학에 관한 한 유일무이한 박사라는 소문이었다.

다른 별에서 초대되어 왔을지도 모르는 ET 같은 그 사람, 전생의 카르마에 의해 파생된 난제들을 거뜬하게 풀어주는 사람이되, 사람 같지 않은 영능력자, 그 휘황한 빛에 현현히 드러나는 영혼의 실체를 확인하고자 그녀의 허리와 다리는 고통조차 잊은 듯했다. 그녀는 경치 좋은 산사에 머물며 스무하루씩 밤새워 기도도 해보았으며, 세 아이들의 대입 즈음하여 무수히 관세음보살, 문수보살을 염송하며 백팔 배를 실행한 찬란한 경력도 갖고 있었다. 자식 둔 불자 어머니라면 누구나 경험해보았을 터였다.

밤을 새워 기도를 한다고 해서, 또는 백팔 배를 날마다 반복한다고 하여도 현실 문제는 늘 제자리를 맴돌았다. 홍역 예방접종을 맞은 아이가 그 증세를 가볍게 지나가는 것처럼, 그렇게 슬쩍 인생의 고비를 넘긴 경우도 있겠지만, 대부분의 경우 그녀는 분할 만큼 겪을 것은 다 겪고 넘어갔다.

C 법사와 같은 특별한 영능력자를 찾게 되는 동기가 바로 여기에 있었다. 생명을 컨설팅 한다는 세계적인 영능력자, 그 영 능력자와 일 대 일로 대화할 수 있다고 생각하니 그녀는 거짓말처럼 피로감을 느끼지 않았다.

이십 대 후반으로 보이는 젊은 남자는 직장 문제일까 아니면 결혼 후보자? 아기를 데리고 온 저 젊은 부부에게는 어떤 걱정이 있을까. 머리가 벗어진 양복 입은 중년은 혹 명퇴자인가. 그리고 흰 머리칼의 감색 점퍼를 입은 할아버지는 노구를 이끌고 비가 퍼붓는 날 무슨 일일까. 술주정뱅이 못된 자식이 땅뙈기를 팔아달라고 난동이라도 부렸는가. 저들 모두 피치 못할 급한 사연이 있어 이곳에 왔을 것이다. 그녀는 그들을 관찰했다. 그들에 비해 나은 것도 없고 잘나지도 못했으면서 그들에게 측은지심이 솟았다.

"박현숙 씨!"

네 시간 만이었다. 그녀는 법당의 부처님께 간단히 예를 표한 후 서둘러 C 법사 앞에 앉았다.

"어! 왜 왔어?"

그가 두툼하고 큰 바위 같은 손을 내밀어 악수하면서 무심한 듯 질문을 던졌다. 한 달에 한 번씩 유성에서 얼굴을 보는

데 새삼스럽게 여긴 왜 왔느냐 하는 뜻 같았다. 그녀는 그 두 툼하고 큰 손을 잡는 순간, 용의주도하게 밑그림을 완성시킨 면담의 요지는 산산이 분해된 감이 없지 않았다. 그녀에게 할 당된 귀중한 십 분은 허망하게 끝나버릴 위험에 처했다. 요령 도 없이 순서도 차리지 못하고 그녀의 인생 상담은 뒤죽박죽 이었다.

"박 선생이 자신의 문제를 들고 나를 찾아오다니 많이 발전했네."

그녀는 어리둥절했다. 자식 문제도 짚어보면 결국 자식이 아니라 본인의 문제 아니었던가. C 법사는 앞뒤 말없이 그녀에게 오늘부터 소설을 쓰라는 답변을 주었다. 그 한 마디뿐이었다. 그녀에게 주어진 과제는 소설 쓰기였다.

너의 전생이 이래서 이렇고, 저래서 그리되고 등의 말은 생략하고, 대신 그는 꼭 필요한 처방 한 가지만 일러주었다. 영혼 사진관에서 즉시로 인화되어 나온, 그녀의 영혼 사진에 대한 품평이었다. 다른 병원에서 이미 문진 정도는 끝내고 온 것으로 짐작한 모양이었다.

"박 선생은 잘 쓸 수 있을 거야."

긍정적인 덕담도 덧붙였다.

"주역은 개인의 사주가 아니라 무한대의 우주, 대자연의 이치 변화를 설명하고."

동양철학의 최고봉이라 할 수 있는 『주역』을 공부한다는 그녀에게 법사님의 설명이 부가되었고, 그는 종이를 꺼내 자신의 사주를 써 보여주었다. 또 하나의 소설 소재로 충분할 거라며.

그는 또 한참이나 눈을 감고 무엇인가를 깊이 생각하는 듯하더니 커다란 사과 한 개를 세로가 아닌 가로로 잘라 그녀에게 주면서 거듭 당부했다.

"영적으로 나를 가장 잘 아는 사람이 박 선생일 거야. 이걸 소재로 소설을 써 보도록."

밖엔 여전히 억수가 퍼부었다. 옷이 흠뻑 젖어 으슬으슬 한기가 났다. 그녀는 오래 앓던 속앓이를 고친 듯, 시원함을 느꼈다. 집안으로 들어서자 젖은 옷을 갈아입고 책상 위에 몇 종류의 책을 펼쳐놓았다. C 법사의 사주팔자 여덟 글자가 품고 있는 뜻이 특별했다. 제왕, 곧 임금님 사주였다. 중생 구제의 고귀한 사명을 받고 태어난, C 법사 그는 착한 성품의 소유자, 만인의 스승이었다.

그녀는 사주 적은 종이를 접어 서랍에 보관했다. 글자만으로는 심오한 뜻을 제대로 파악할 수 없다. 다음 기회에 주역으로 설시揲蓍를 해보고 직관과 심법에 의한 판단을 해보고 싶었다.

만인을 돌보는 것은 고독한 스승의 몫이다. 고독하지 않고 서는 스승이 될 수 없는 것인지, C 법사의 고독의 뿌리에 대해서도 밝혀볼 필요가 있었다. 그녀는 상담을 하러 갔다가 오히려 까다로운 상담과제를 받아온 것처럼 마음이 무거웠다.

그녀는 C 법사가 가로로 쪼개준 사과로 저녁을 대신하고, 내친 김에 그동안 공부한 내용을 과목별로 분류했다. 풍수지리 과목을 제일 먼저 살펴보았다. 거문巨門 탐랑貪狼, 무곡武曲, 염정廉貞 등의 명칭을 써넣고 그림을 그렸다. 실상 유산을 가보면 산 모양이 똑 떨어지게 책에서 배운 대로의 형태를 띤 것은 찾아보기 힘들었다.

풍수지리 다음으로 역경학에서 주역 64괘의 풀이를 읽었다. 어차피 석가모니 부처님도 예수 그리스도도 크게 보면 예언가가 아니었을까. 제정일치 시대의 통치자는 우주의 비밀을 꿰뚫은 자가 아니었을까. 상수학적인 관점에서 괘를 풀이한 것은 초보자로서 꽤 재미가 있었다. 호기심이 새록새록 돋아났다. 주역 과목의 노트도 일목요연하게 정리해 나갔다.

몰두하고 집중하느라고 배도 고프지 않았다. 쓰다가 둔 소설 원고를 손보았다. 읽으면서 고치고, 고쳐놓고 읽어보는 수정 작업은 처음 초고를 쓸 때보다 더 세심해야 했다. 점점 몸의 기관들이 뻑뻑해진다. 그녀의 몸이 쉬어달라는 신호였다.

냉장고에서 수박을 꺼냈다. 둘째가 사다 놓은 수박이었다.

오래 놔두면 상한다면서 '어머니는 공부만이 살길'이라며 공부할 때, 팍팍 먹으라던 둘째의 말이 생각났다. 둘째는 수박뿐 아니라 참외, 토마토, 복숭아 등 각종 과일을 계절에 따라 바리바리 사 들고 왔다.

둘째가 그녀에게 베푼 편안함에 대한 부분은 타인이 들어 이해하기 곤란한 점이 있을 것 같다. 둘째와 함께 한 길다면 긴 그 십여 년의 세월이 그녀의 생애를 통틀어서 가장 자기다운 삶을 산 시기였다고 기억한다.

그녀가 네 가지 위급한 증세로 ○○의료원에서 대수술을 받고 후유증으로 고생할 때, 둘째의 권유로 공부를 선택했다. 대들보나 마찬가지인 척추뼈를 금속기둥으로 이어 놓아 몸을 자유자재로 움직일 수 없는 사람에게 공부는 유일한 위안이었다. 그녀에게 공부는 심신의 처절한 아픔을 이기기 위한 방편이었다.

늦은 공부가 중국 문학에서 출발하여 시불詩佛이라는 칭호를 듣는 왕유王維의 산수자연시에서 불교학으로, 다시 동양학으로 어언 십여 년이나 연장되어 온 것이다. 큰아들과 딸애가 외국에 나가 있던 그 어려움의 과정에도 둘째는 불보살처럼 그녀와 함께 했다.

선지자를 찾아 떠날 때에도 둘째는 동행했으며, 산사에서 북두칠성을 머리에 이고 탑돌이 할 때도, 하동 일대로 토굴을 물색하러 다닐 때도, 그리고 실제로 선지자 발굴의 동기를 제공한 것도 둘째였다고 할 수 있다. 그들은 영적으로 코드가 잘 맞는 모자간이었다.

수박을 냉장고에서 꺼내지 않고, 달고 시원한 수박을 입에 넣지만 않았어도, 그녀는 쉽게 눈물이나 흘릴 사람이 아니었다. 수박은 그녀의 감상을 부추긴 바 되었다.

H대학 부속병원은 한강을 지척에 두고 산언덕에 자리 잡고 있었다. 까맣게 높고 먼 계단을 오르자 올라갈 길은 더욱 멀어 보였다.

바위산으로 이루어진 캠퍼스에 바람이 거세게 불었다. 산바람 강바람에 철쭉꽃도 채 봉오리를 터뜨리지 못하고 있었다. 야외카페에 나무 의자가 듬성듬성 놓여 있고, 그 가장자리에 바람에 휘둘리는 향나무가 눈에 들어왔다. 바람센 곳에 학교 건물이 산처럼 그렇게 높았고, 부속병원은 쉽게 나타나지 않았다.

"내과 병동에 가려면 어디로 가지요?"

그녀가 길을 물었다. 건물들이 옹기종기 모여 있는 것이 아니라 산언덕에 산재해 있어서 처음 오는 사람은 잘 찾을 수가 없다. 산 위에서 차들이 씽씽 달려 내려오는 횡단보도를 건넜다. 조금 전에 학생이 가르쳐준 하얀 병동 입구에 다다랐다.

"엊그제 퇴원하셨는데요."

겨우 찾아 올라간 중앙내과 병동에서 발걸음을 돌려야 했다. 72동 6호실 환자는 2주에 한 번씩 내원하여 진단받고 약을 타 간다는 간호사의 말이었다.

그녀는 이튿날 Y 스님의 자택으로 병문안을 갔다. 잠깐이라도 뵙고 와야 할 것처럼 갑자기 어떤 예감이 작용했다. 21번 마을버스는 새로 지은 아파트 동네와 오래되어 낡고 고풍스러운 주택가를 구불구불 지나갔다. 종암동 뒷산에는 산 벚꽃이 구름처럼 흐드러졌고, 산비탈의 작은 집 뜨락에 조팝꽃이 소담했다. 유난히 시골스러운 맛이 나는 정겨운 동네였다.

통일교회 앞에 마을버스가 정차하자 그녀는 재빨리 내렸다. 경사진 골목길을 한참 올라가 철 대문을 두들겼다. 면회사절이었다. 그녀는 스님의 병세가 급속도로 악화되었다고 짐작했다.

감꽃이 진 자리에 앙증맞고 깜찍한 감 새끼들이 소복하게 매달렸다가 바람 불면 툭, 툭, 땅바닥으로 떨어졌다. 그녀는 떨어진 감 새끼가 안쓰러워 몸을 굽혀 몇 개 주웠다. 손바닥에 놓고 보니 너무나 예쁘고 깜찍했다.

"그냥 가라구! 자아, 이거 도로 넣어요."

스님은 현숙의 봉투를 던지며 몹시 화를 냈다. 스님의 불호

령이 떨어졌다.

"자아, 보라구요. 이 도태되어 땅바닥에 떨어져 아무짝에도 못 쓰는 감 새끼를 그냥 지나치지 못하고 주워들고 온 사람이 감히 이혼을 하려고 나를 찾아왔단 말이요?"

Y 스님은 분노로 얼굴이 붉으락푸르락했다.

"명색이 스님인데, 남의 이혼에 끼어들 수 없어요. 그러니 어서 가시오."

스님은 청년 시절에 가톨릭 신부가 되는 게 꿈이었다고 했다. 4·19와 5·16을 거치면서 군부에 의해 부정축재자로 몰린, 몰락한 갑부 집안의 장남이었다. 당국의 사찰을 피해 깊은 산으로 피신했다가 은사 스님을 만나 자신의 운명을 알게 되었다고 했다. 그런 경로를 거쳐서 가톨릭 신자였다가 스님이 되었고, 형편이 어려운 신도들을 상대로 인생 문제를 상담해 준다고 했다.

마당 가득 어우러진 해묵은 향나무, 그 둘레에는 깊은 산속에서나 만나볼 수 있는 진기한 식물들이 때에 맞게 각종 꽃을 피워냈다. 기도실 같은 법당을 지나 상담실에 앉으면 천정까지 빼꼼하게 들어찬 불교와 철학 서적들이 쌓여있었다. 공부하시는 스님이었다. 선반에는 스님의 기구한 운명을 극복하려고 틈틈이 써 모은 붓글씨, 화선지가 몇 박스도 넘게 쌓여 있었다. 책상에는 스님의 인품을 닮은 동양란 화분 한 개가 당번처럼 그 방을 지키고 있었다.

　그녀는 스님의 뜻이 그렇다고 해도 물러설 수 없었다. 그녀의 자존심은 이곳저곳 아무 데나 가서 자신의 문제를 털어놓는 것을 용납하지 않았다. 단단히 각오를 하고서 또 한 번 그녀는 Y 스님을 찾아갔다. 스님은 한동안 침묵을 지키다가 어렵게 말씀을 이어갔다.

　본래는 큰 산의 큰 나무. 대들보나 재목이 될 수 있는 나무였다고 했다. 현숙의 사주에 어머니가 보이지 않는다고 했다. 호적상에는 어머니가 존재하지만 실제로는 모친 부재라는 것이다. 직업으로 적당한 것은 첫째 외국 나가서도 A급 교수란 말씀이었다. 두 번째는 작가라고 했다. 어머니의 협조를 받았으면 틀림없이 교수로서 살았을 것이고, 그것이 그녀의 평생 직업이 되었을 것이라고 했다.

　어머니의 협조를 받지 못한 데서 끝난 게 아니고 더 참혹한 것은 결혼한 그날부터 그녀의 인생행로에는 한겨울에 찬비가 내렸다고 한다. 결혼으로 인하여 고산지목高山之木 동량지재棟梁之材이던 큰 나무가 보잘것없는 분재로 전락했다고 했다. 뿌리 잘라, 가지 쳐, 몽땅하고 우스꽝스러운 괴물로 변질되어 집안의 화분에 갇히게 되었다고 풀이했다. 남편이 죽창을 들고 그녀를 친 형국이라는 것이다. 결혼을 해도 서른을 넘겨서

하거나 차라리 결혼을 하지 않는 편이 그녀의 성공이나 출세에 도움이 되었을 거라는 해석이었다.

그뿐이 아니었다. 볼품없이 축소된 분재에 따스한 햇볕을 쪼였느냐 그렇지 못했고, 물을 주었느냐 그게 아니었다. 추운 겨울에 얼음같이 찬 비만 맞아, 분재의 줄기와 뿌리가 다 썩고 병들어, 아사, 고사 직전이라고 했다. 그래서 나 죽어! 나 죽어! 라고 절규하며 아우성을 치는데 돌아보는 이, 귀 기울여 듣는 이, 아무도 없어 이제는 나 죽어! 하고 외칠 기운조차 남아 있지 않은 절박한 상태에서 스님에게 찾아온 것이라고 풀이했다.

그녀는 눈물도 나오지 않았다. Y 스님의 말씀이 너무도 절묘하고 기가 막히게 적중했다. 과거의 일이나 현재에 대해 사주 명식 외에 그녀는 스님에게 한 마디도 말한 내용이 없다. 스님 역시 그녀에게 질문하는 게 전혀 없다. 사주팔자 여덟 글자에 구구절절 험난한 인생사가 표출된 것이었다.

그녀는 경악했다. 하고자 하는 일마다 방해를 했던 계모 같은 친모와, 강권에 떠밀려 어쩔 수 없이 감행한 결혼이 장애였다. 솔직히 C여중 3학년까지 그녀는 그녀의 친모를 계모로 알고 살았다. 피폐와 참람의 경지를 제공한 주범이 가장 가까운 데 있는 두 사람인 셈이었다. 악연중에 악연이었다. 그럼에도 불구하고 스님은 현숙의 이혼 결심에는 동조하지 않았다.

"누가 되었든 갈라서는 일에는 증인이 돼 줄 수 없다."

강력하게 못박았다. 자식을 위해서라고 하였다. 이혼하고 어느 시점에 가서 재혼을 하게 되면 물론 좋은 사람, 좋은 조건을 만날 수 있다. 하지만 사춘기의 자녀들에게 매일 거액의 용돈을 줄 수 있다고 한들 그것이 그들을 오히려 망가지게 할 것이라고 했다.

"깡패나 이상한 사람이 되는 게 두렵지 않으냐?"

결론은 이혼 불가였고, 그녀의 남다른 아픔을 문학작품으로 승화시키면 반드시 좋은 결과를 가져올 것이라고 스님은 위로했다.

최고의 교육을 받고 외양이 훤칠하고 영이 맑은 스님, 병에 대한 별다른 치유비법도 소유한 분이었다. 타인의 병은 고쳐주면서 자신의 인생에 드리운 깊은 한에 있어서는 스님도 어쩔 도리가 없었던 것인가.

"공부로 방향을 튼 것이 존경스러워."

일 년 전 쯤 그녀는 학교에서 수업을 마치자 인사 겸 스님에게 갔다. 동양학 공부를 시작하고 나서 가장 먼저 떠오르는 분이 스님이었다. 스님은 오랜만에 찾아온 그녀를 반갑게 맞아주었다. 어려운 여건에서도 학문에 힘쓰는 모습이 대견하다고 과찬했다. 이어령이 펴낸 『매란국죽』 책에 관련하여 한국, 일본, 중국의 문화에 대한 동일성, 유사성, 상이점 등에 대한 대화를 저물도록 나눈 것이 스님과의 마지막이 되었다.

남의 상갓집에 가서 우는 것도 엄밀히 말하면 자신의 슬픔 때문이라고 하던가. 그녀는 눈물을 떨구면서 한 페이지 한 페이지 이야기를 엮어나갔다.

"이 사주는 천생天生이야!"

무슨 글자인지 알아볼 수 없는, 숫자 비슷한 것을 쓱쓱 휘갈겨 쓰고 나서 단제 선생은 한 마디 툭 던졌다.

"솥단지 걸어놓고 내 살림 살 생각 말아요! 그리 안 타고 났어. 대중의 살림을 할 사람이야. 대중에게 양질의 메시지를 베풀고 가야 해. 그게 사명이고 소명이야."

아연했다. 천생은 다 뭐고 대중은 뭐야?

"나는 갑, 을, 병, 정, 육십갑자, 그딴 것 하나도 몰라. 그거 몰라도 내 이론은 잘 맞아."

단제 선생은 자신만만했다. 사업 실패로 조상이 물려준 재산 다 없애고, 신장이식수술, 뇌수술 3번 등, 어려운 세상 겪으며 세상 이치를 스스로 터득했다고 큰소리 쳤다.

"궁합이 뭐냐 하면 상대성 원리야. 백호대살 땜에 결혼못한다고? 어림없는 소리. 백호대살 갖다 붙여주면 되는 거야. 요즘은 오히려 백호대살이 더 좋아. 상충이 어떻고 원진이 어떻고 다 따지다 보면 하나도 못 맞춰. 몇천 년 전 농경시대에는 잘 맞았지. 지금은 인간과 우주의 기가 서로 어긋났어. 우리는 한겨울에도 수박을 먹는 시대에 살고 있어. 21세기 도사는 달라져야 해."

단제 선생의 웅변은 열을 띠었다. 들을수록 별나다 싶었다. 무엇을 물어보는 일도 없이 줄줄 혼자 지껄였다.

"뿌리가 누웠다가 진辰궁에 가서 뻗었어. 진궁이 고게 무어냐 하면 자식궁이거든. 자식이 보살에게 힘이 되어 줄거야. 사회의 요청이고 여러 사람의 꿈이 힘으로 왔어. 손가락 관절이 오고 팔이 부러져도 이 사주는 공부해야 돼. 앞으로는 어느 대학이 아니라 무얼 할수 있느냐가 핵심이라고. 누가 뭐라 해도 환경이 어떻다 해도 또 다른 나를 구축해야 해. 자기 자신을 포기하지 말아요. 생은 영원하다고. 알았죠?"

알았죠? 하고 단제 선생의 웅변에 강한 악센트가 첨가되면 그 자리에 더 머물러 있을 수가 없다는 걸, 그녀는 그곳에 다녀온 친구들에게 들어서 알고 있었다.

'알았죠?'는 명령에 버금가는 말이었다. 워낙 단호하고 뚜렷한 철학을 가지고 있는 것처럼 보여서 변변히 질문도 못했다. 강제로 떠밀리다시피 단제 선생 사무실을 나왔다. 지하철역을 향해 걸으며 그녀는 방금 들은 말을 분석했다.

"영화 서편제에서 일부러 눈을 멀게 한 소리꾼 아버지 봤지? 한이 있어야 더 좋은 소리를 내는 거야. 글도 마찬가지야.

한이 깊어야 더 좋은 글을 쓸수 있어!"

그녀에게 서편제의 소리꾼 비유는 잔인하고 소름 끼쳤다. 약을 먹여 눈까지 멀게 해놓고 소리 훈련을 강행하는 아버지, 그게 인간이야? 그렇다면 현숙 그녀의 한은 무엇이란 말인가.

'학문을 택하든지 문학을 택하든지 양단간에 하나를 정해야지.'

K 교수님의 충고였다. 그녀의 문학은 그 시절 발돋움했고, K 교수님을 만남으로 해서 소설로의 방향전환이 가능했다. 문학을 통해 인생의 본질적인 문제를 탐구하기 위해서였다.

문학은 예나 지금이나 뜬구름 과科에 속했고, 열외로 비켜나 있으면서 누구에게도 환영받기 힘든, 그만큼 경제적으로도 한가로운 영역으로 인식되었다. 그녀는 합리성과는 동떨어져 보이는 학문과, 문학의 뜬구름 과에 편입되어 많은 세월을 보내왔고, 보내고 있다.

선지식들의 고견을 참작한 바가 있었고, 자신의 진로에 대해, 그리고 전생의 업에 대해 스스로 터득하고 있던 소치였다.

그녀에게 '도끼로 쳤다, 작살로 찔렀다, 칼로 베었다'라고 말하는 것은 건강했던 척추뼈가 결혼 이후, 숱한 고초를 겪는 가운데 삼팔선 갈라지듯 아래위로 양분된 것을 이름일 테다. 진궁으로 누웠다는 뜻은 양분된 척추뼈를 수술로서 이어줘 근

근이 살아남게 되었다는 해석으로 그녀는 이해했다.

추운 겨울에 비 맞아 썩고 얼어 죽게 생긴 큰 나무가, 가까스로 분재로나마 명줄을 잇게 된 '울밑에선 봉선화야' 보다도 더 구슬픈 그녀 박현숙의 라이프 스토리였다.

그녀의 과보는 막중하고도 고단한 것임에 틀림없어 보였다. 결코 어느 누구의 잘못도 아니었다. 스스로 자초한 것, 전생의 업보에 기인한 것이었다. 그것을 수긍하고 선뜻 받아들이지 않으므로 해서 먼 길을 더듬고 헤맨 격이 아닌가.

영혼 사진관은 한 치의 오차도 없이 공정했다. 부연설명도 변명도 필요 없는 적나라한 진실 그대로 찍혀 나온 것이다. 행여 −척이나, −체, 혹은 −인 양, 그와 같은 허세, 가정, 위선, 과장 따위의 뜻을 지닌 낱말은 숫제 거론할 여지가 없었다.

"악연이 끝났어. 이제 부처님 경 열심히 보고, 고생고생해서 책 두어 권 쓰게 되면 옷 벗고 가는 거야. 책을 써도 보살은 부처님 책을 써야 해!"

태백산 큰스님의 말씀도 표현만 달랐지 별로 어긋나지 않았다.

"전생에 법사 공덕을 받은 사람이 상정진常精進 안 한 죄야. 이를테면 중앙선을 침범한 거라고. 중앙선을 침범하면 어떻게 되나 생각해 보라고."

그랬다. 사람을 가르친 그 전생 인연으로 그녀는 이생에 와서 글을 쓰고 있는 거라고 했다. 사망의 골짜기를 연거푸 넘어온 그녀의 글은 생명이 살아 움직이는 글, 반드시 햇빛을 보게 된다는 말씀이었다.

"천상 부처님 일할 사람인데 안 하고 있으니 그렇게 아픈 거야. 이제는 자신이 몸소 약초가 되어서 만인의 병을 고쳐주어야 해!"

태백산 큰스님은 법화경의 약초유품藥草喩品을 들어 그녀의 삶을 요약 설명했다.

한숨도 나오지 않았다. 이를테면 그녀는 산속에서 영글고 있는 약초가 되어야 한다는 말씀이었다. 귀신은 공짜 돈 안 받는다고 하더니 그녀가 만난 선지식, 도를 아는 그분들은 허투루 그녀의 예배를 받지 않았다는 것을 알게 되었다.

스스로 살기 위해서였지만 그녀의 공부가 그렇듯 엄연한 채무까지 곁들인 일이라고는 미처 생각하지 못했다. 인생 말년에 학교로, 공부로, 문학으로 방향을 확고하게 잡아 나간 것은 그나마 그녀에게 합당한 일이 된 것인가.

여러 선지식을 찾아, 온 세상을 다 돌고 돌아서 마지막에 C 법사의 '영혼 사진관'에 이르러 무심코 올려다 본 밤하늘, 그 하늘 가득 펼쳐진 은하수를 굽어볼 여유가 생겼다. 수많은 별들의 의미를, 그 별들의 이름이 주는 의미를 확연히 깨달을 수 있었다.

선재동자가 지구의 끝을 돌아 선지식을 차례로 만나고 53번째 선지식인 보현보살에게 돌아오듯, 그녀의 영혼 순례도 영혼 사진관에 와서야 지친 발걸음을 멈출 수 있었다. 무한대의 우주 공간에 진정한 의미의 종료가 있을 것인가 하는 한 가닥 의문이 일면서도, 그녀는 어깨에 지고 다니던 무거운 짐을 내려놓았다. 그녀의 선천적이랄 수 있는 지극한 고독의 심연에는 늘 무엇인가를 구하고 찾아야 하는 명제가 있었고, 마침내 그것은 영혼 사진관에 이르러 결실을 보게 된 것이었다.

'다시 보니 보현보살의 몸에서 모든 세계의 미진수 광명이 구름을 내어 법계와 허공계의 모든 세계에 두루 하였고, 일체 중생의 괴로움과 근심을 없애어 보살들이 아주 기뻐하였다. 선재동자는 보현보살의 이와 같이 자재하고 신기한 경계를 보고 몸과 마음이 한량없이 기뻤다. 그리고 열 가지 지혜바라밀을 얻었다. 선재동자가 이 열 가지 지혜바라밀을 얻은 뒤 보현보살이 바른 손을 펴서 선재의 머리를 만졌고, 머리를 만진 뒤에는 곧 모든 세계의 빠짐없는 삼매문을 얻었다.'

선재 동자가 마지막 구도행에서 보현보살을 만나듯, 그녀의 오랜 미망과 방황은 비로소 멈추었다. 인간의 삶이 일회성

단막극으로 끝나는 게 아니라, 사랑하는 후손을 통해서 영원히 영생할 수 있음을 그녀는 문학예술로 증명할 수 있었다.

문학도, 학업도 그녀에게는 평생을 쌓아가도 모자람이 없는 수행의 한 유파, 한 단계에 지나지 않았다. 많은 유파 중에 두 항목을 선택했다는 게 특이했다면 특이했다. 그것 또한 그녀 자신의 전생 카르마와 연결된다고 보았다.

여기에 이르렀네
남쪽나라
여러 나라
다 마치고 여기에 이르렀네
임이시여
당신 만나려고 여기에 이르렀네
　　　　　　　　　―『소설화엄경』에서

'선재동자가 먼저 보현보살의 곳을 찾기 위하여 세계에 대한 새로운 그리움을 일으켰다.' 이 말은 곧 그녀의 고백이기도 했으며, 그녀는 선재동자의 순결한 구도를 깊이 사랑하게 되었다.

그녀의 얼굴은 D대학 실습농원 연못에 피어난 한 떨기 연꽃처럼 한없는 고요를 머금고 있었다. 6월의 싱그러운 바람이 한 떨기 연꽃을 위무하듯 그녀 곁을 스치고 지나갔다.

한 가지 소원

해가 떠올랐다. 온 세상은 갑자기 불이라도 켠 듯 활짝 밝아졌다. 하늘빛은 노랑, 주홍, 연두의 배합으로 가히 몽환적이다. 짙은 안개 속에 가려져 있던 물체들이 제 모습을 드러냈다.

하늘 중앙에 위로 뻗어 나간 하얀 선이 나타났다. 그 하얀 선의 출처가 비행기라면 어째서 태양을 기점으로 하얀 선이 생긴 것일까. 끝간 데 없이 더 높은 하늘로 뻗쳐올라가는 길고 가는 선, 하얀 선을 따라 무수히 많은 점과 점들. 흡사 꽃 같은 형상, 아니면 작은 동그라미들. 그게 환시幻視라 할지라도 놀랍기는 매일반이었다.

잠시 후 그것은 다시 나타났다. 조금 전에는 태양의 오른쪽이던 것이 지금은 그 반대쪽인 왼쪽에도 노랑, 주홍, 연두의 흡사 무지개를 잘라놓은 것 같은, 현란하기보다는 안정적으로 보이는 색조가 나란히 두 개의 선으로 갈라져 태양을 호위하고 있다.

유성으로 가는 우등고속버스의 승객들은 거의 밤잠을 설치고 나온 듯 꾸벅꾸벅 졸기 바쁘다. 영선 혼자만이 하늘의 기이한 형상을 바라보며 놀라다가 탄성을 지르다가 분주하였다.

두 개의 하얀 선은 하늘 높이 올라갈수록 굵어졌고, 마침내는 넓게 멀리 흩어지면서 뱀이나 용의 비늘처럼 흐느적거렸다. 그런데 이번에는 더욱 가느다랗고 섬세한 선 하나가 또 한 번 출현한 것이다.

짙은 안개를 헤치고 윤곽을 드러내는 경기도와 충청도의 낮은 산들, 공장인 듯한 건물의 큰 굴뚝의 연기, 아파트와 상가건물, 전봇대, 포도 과수원의 앙상한 나목과 밋밋한 지지대, 소나무 숲과 군락을 이룬 묘지들, 밭 가운데 대규모로 펼쳐진 비닐하우스와 그 뒤편의 양철지붕. 그녀가 눈앞에 펼쳐지는 사물들을 분별하고 있는 사이 하얀 선은 계속 뻗어 나가고 있었다. 어디로 가는 무엇인가. 위에서 아래로 흐르다가 문득 사라진 하얀 선은 UFO인가.

'우리에게 꿈이 있어요.'

도로변에 열 지어선 나무들은 그렇게 속삭이고 있었다. 꿈꾸는 나무 가족이었다. 한겨울 산속에서 혹은 길가에서 저들끼리 모여 봄을 기대하는, 나무 가족들이 휙휙 지나갔다. 그녀의 마음속에도 하늘에 그어진 하얀 선을 따라 한밭대학교에서 수통골로 갈라지는 길목에 이르러서 작은 꿈 하나가 꿈틀꿈틀 용트림을 하고 있었다.

크리스마스 휴일에도 2층 법당은 벌써부터 초만원이었다. 몇 년 만에 일찍 도착한 셈이었지만 발 들여 놓을 틈이 없다. 그녀는 계단을 오르다가 잠시 발을 멈춘다. 다음 순간 무작정 비집고 올라가 안쪽으로 내쳐 들어갔다. 지장보살님이 모셔진 곳은 그런대로 두어 사람 끼어 앉을 공간이 있었다. 다행이었다. 그녀는 자리에 앉자 눈을 감고 안정을 취했다.

캄캄한 새벽길을 허위허위 눈 비비고 달려온 게 서너 시간이었다. 숨이 가쁠 만도 하였다. 사람들이 쉬지 않고 들어와서 겨우 확보한 공간이 무릎을 세울 수도 없이 좁혀진다.

돌연 어떤 움직임이 두런두런 일어났고, 개량 한복을 입은 C 법사가 등장했다. 앞줄에 자리 잡은 사람들은 누가 시키지도 않았는데 일제히 일어서서 법사를 향해 합장으로 인사를 나누었다.

파안대소. C 법사 얼굴이 아니, 몸 전체가 웃고 있었다. C 법사의 존재는 웃음 그 자체였다. 웃음꽃이 만발한 얼굴을 바라만 보고 있어도 사람들은 저절로 편안하고 흐뭇하다. 사람의 가슴을 포근하게 감싸 안는 웃음. 버스를 타고 오면서 목격한 무지갯빛 하늘을 닮아있는 그 웃음을 생각하며 그녀는 입정에 들었다.

"오늘 드릴 말씀은···."

C 법사가 좌중을 둘러보며 법문을 시작했다. 법당은 동작 정지 상태에 들어간 듯 일시에 고요가 흘렀다.

"인생에 있어서 생각은 소금이다. 생각 많으면 소금 많다. 소금 많으면 음식도 맛을 못 낸다. 소금 많으니 소금 팔러 다녀야 한다. 음식을 만들려면 적당한 양의 소금을 넣어야 한다."

듣기에 따라서는 매우 간단명료한 내용이라 할 수 있었다. 또 어쩌면 무슨 선시 낭독이라도 하는가 하고 고개를 갸우뚱하기도 한다. 풋풋하게 살아있는 야채에 굵은 소금을 듬뿍 뿌린 것처럼 그 말뜻이 뇌리에 각인되었다. 그녀는 소금이 지나치지는 않았는지 돌이켜보았다. 틀림없이 왕소금으로 범벅된 일도 있었을 것 같았다.

"무거운 짐을 들고 있지 말고 놔버려야 한다."

대학 4학년 때 한 학기를 남겨놓고 몹쓸 병이 들어 그만 공부를 탁 놔버린 C 법사 자신의 이야기였다. 놓지 못할 때 불안한 것이지, 놔 버리니 졸업은 못 했지만 편하더라. 그때 놔 버렸기 때문에 오늘의 자신이 이 자리에 있게 된 것이 아니겠느

냐고 반문했다. 과연 그럴까. 그렇다면 그녀에게는 어떤 소금
론論인가. 그만 놔버려? 공부도 글쓰기도? 생명까지도? 그녀
는 자문자답한다.

꽃은 피어도 조용히 피고
새가 울어도 눈물은 안 보이고
사랑은 불태워도 연기가 안 나야 한다

C 법사는 잘라 말했다. 자식에게 내가 너를 위해서 어떻게
기도했는데 나에게 이럴 수가 있느냐고 한다면 그것은 곧 연
기 나는 사랑이지 참사랑은 아니라고 했다. 참사랑은 숨겨진
사랑, 공치사를 하지 않는 사랑을 말함인가.

다음 주제는 C 법사의 전업轉業에 관한 이야기였다. 이십여
년 해온 구명시식救命施食을 그만 접겠다고 한다. 영선은 조상
영가들을 전체적으로 정리하겠다는 생각을 오래전부터 해왔
다. 사정이 여의치 못해서 차일피일 미뤄온 터였다. 눈에 보이
지 않는다고 영혼의 존재마저 부인하지는 않았다.

주민등록이 아예 염부殮部에 있어서 그 동네 일하는 것이
더 쉽다는 C 법사, 염불을 하는 게 아니라 눈 한번 깜박하면
일이 되는 것이라면서도, 그는 어렵게 구명시식 종료를 선언
했다. 나이로 봐서도 곧 환갑이니 전업할 때도 되었다는 결론

이었다.

1월과 2월에 걸쳐 서울 대학로에서 나들이 구명시식 공연을 거행한다는 것이다. 이번 기회에 형편이 어려워 구명시식을 못한 사람들은 한 사람도 빠지지 말고 참여하되, 딱 한 가지 소원만 이루도록 하라는 당부도 잊지 않았다.

그녀는 한 가지 소원을 곰곰 생각해보았다. 가장 급하고 절실한 소원 한 가지. 그것은 과연 무엇일까. 인생 황혼에 남모르게 진행하고 있는 학교공부 즉, 박사과정 성취인가. 타인 의존형이 아닌 경제자립인가. 평생 경험하지 못한 늦사랑 체험인가. 『바람과 함께 사라지다』와 같은 명작을 터뜨려 보는 것인가. 이루 말할 수 없이 다양한 염원들이 심층 내부에 잠재하고 있음을 깨달았다. 그녀는 무엇보다도 먼저 생각 많음, 소금 많음을 깨뜨리고 싶었다. 순정하고 유쾌한 삶을 새롭게 펼쳐가고 싶었다.

　　사랑하는 그대에게
　　사랑한단 말 한마디 못하지만 그대를 사랑하오
　　그대 위해 기도하지 못하지만 그대를 사랑하오
　　다시금 돌아오지 않는다 해도 그대를 사랑하오
　　사랑이란 얼마나 참아야 하는지
　　나의 사랑하는 그대여 내 마음 알아요
　　빗속을 파고드는 그리움이 눈물 되어 흘러도

내 모습 그대에게 잊혀져도 그대를 사랑하오

법회 종료를 알리는 K 처사의 기타반주와 노래를 들으며
그녀는 수년 전 일을 회상하였다. 그날 밤의 기억은 언제 어디
서나 잊을 수가 없었다.

낮 동안 하늘 푸르더니 밤이 되자 눈보라가 휘날렸다. 설
쇠러 고향으로, 부모님 품으로 가는 차량들이 TV화면을 가득
메웠다.

그녀는 섣달 그믐날이 아들의 생일이기도 하므로 열심히
명절 분위기를 창출했다. 프라이팬의 녹두전을 뒤집다가 몸을
꼬부려 접다시피 현관에 들어서는 아들을 보았다.

"아이쿠, 아이쿠 나 죽어!"

아들의 얼굴이 시커멓게 변질되어 있고 고통으로 눈을 뜨
지 못한다.

"배, 배가 아파요. 뜨거운 물수건 좀~~."

말도 제대로 잇지 못하고 아들은 제 방으로 들어가 고꾸라
지듯 누웠다.

더운 물수건을 아들의 배에 얹어주며 동태를 살폈다. 아들
의 팔엔 발갛게 두드러기가 돋아 있었다. 그녀는 우선 가까운
병원에 가서 진찰받도록 권했다.

"아들! 혼자 갈 수 있어?"

얼마 후 아들은 소화불량이라며 주사 맞고 약봉지를 가지고 왔다. 세상에 엄살도 심하지, 그녀는 묵묵히 녹두전을 부쳐냈다.

설날 아침이었다.

"세배 다녀올게요!"

아들은 떡국을 먹고 세배를 간다면서 분주하게 집을 나갔다. 그런데 십 분도 채 안 되어서 배를 움켜쥐고 되돌아왔다. 아들은 욕조에 더운 물을 가득 채우고 들어앉아 긴 밤을 복통과 두드러기와 싸워야 했다. 그녀는 아들이 술도 담배도 하지 않고 삼십 년 가까이 건강하게 잘 살아왔으므로 곧 나을 거라고 낙관했다.

"영선아, 지금 오니? 어서 들어가자."

길혜가 그녀의 손을 잡고 어두컴컴한 속을 뚫고 극장 안으로 들어갔다. 빈 좌석은 없고 층계에 신문을 깔고 앉으니 무대가 더 잘 보였다. 북과 장구, 징, 피리 소리가 났다. 노래 부르고, 춤추고, 판소리에 가극까지 어디서 본 적도 들은 적도 없는 별난 굿마당이었다.

무대조명이 전반적으로 캄캄하고, 노랫소리가 사뭇 처연하기는 해도 이것은 영가천도 의식이나 운맞이 굿이라기보다 삶에 지쳐 있는 뭇 중생들을 위한 위로 파티 같았다. 영선은 굿 맞이 행사가 끝나자 길혜와 헤어져 집에 돌아왔다.

"으흐흐흐…."

아들은 부들부들 몸을 떨며 먹은 물질도 없이 설사를 좍, 좍, 했다. 뜨거운 물속에 몸을 담갔지만 견딜 수 없이 오한이 난다고 했다.

한밤중에 다시 근처의 D대학부속병원으로 갔다. 피 뽑고 링거 맞고 엑스레이 검사를 했다. 여기서도 체했다면서 약을 처방했다. 시름시름 앓으며 한 달이 흘러갔다.

한강도 하늘도 나무숲도 봄기운이 낭창낭창 흐르는 계절이었다.

"안 되겠다. 병가를 내고 K대학 부속병원에 가보자!"

그녀의 가슴은 봄기운과는 차원이 달랐다. 불길도 솟구치지 않으면서 소리 없이 새카맣게 타들어갔다. 다 큰 아들을 장가도 못 보내고 잃게 되는 건 아닐까. 방정맞은 생각이 다 들었다.

K대학 부속병원에 도착했다. 길게 줄을 서 있는 사람들에게 양해를 구하고 앞으로 나갔다. 사람들은 순순히 자리를 내주었고, 그녀는 아들을 대기시켜 놓은 다음 원무과로 가서 입원수속을 밟았다. 아들은 180센티의 장신을 축 늘어뜨리고 신음소리만 흘렸다.

급속도로 진단 검사가 진행되었다. 대장 검사, 위내시경검사, CT 촬영, 초음파검사, 심전도검사, 채혈, 소변검사 등등 한 달여 동안 이 병원 저 병원 다니며 해온 동일한 종류 외에 심도 높은 검사를 했다.

아들은 중환자가 되었다. 음식을 못 먹고 잠도 한숨 못 잤다. 체중이 며칠 사이 18킬로나 줄었고 말조차 어눌했다.

의사 선생님은 '각종 검사를 다 해보았지만 기생충 한 마리 안 나왔다. 병명도, 원인도 밝혀지지 않았다'고 말했다.

"저희 병원에서는 더 이상… 제가 의사가 되고나서 이런 경우는 처음 보는 일이라…"

절망이었다. 의사는 지치고 곤혹스러운 표정으로 환자와 그녀를 번갈아 바라보았다. 대한민국에서 제일 잘 본다는 병원, 최고의 의술, 최고의 의료진과 최신 의료장비를 자랑하는 이곳에서 병명도, 병의 원인도 모른다면 아들은 어디로 가야 한단 말인가. 그녀는 아들이 누워있는 침대 난간을 꼭 붙들었다. K대학 부속병원의 내과 병동이 광대한 동굴처럼 그녀를 삼킬 것 같았다. 숨도 쉬지 못할 만큼 심장에 강력한 압박 증세를 느꼈다.

"길혜야."

그녀의 목소리는 갈래갈래 찢어지는 음을 냈고 땅바닥을

기고 있었다.

"그래 영선아, 무슨 일 있어? 학교도 안 나오고."

"학교? 내 아들이 죽게 생겼는데 학교라고?"

"내가 시키는 대로 한번 해볼래?"

지하철은 지루하고 더디다. 전철에서 버스로 갈아타고 일곱 정거장을 더 가서 내려, 길혜가 일러준 잠실정사를 찾아갔다. 이층 강당에는 엄청나게 많은 사람들이 모여 있었다. 그들의 눈빛은 간절함이 지극해서 무서울 정도였다.

그녀는 부처님께 간단히 예를 표하고 자리에 앉아 C 법사가 지은 『영혼의 X파일』이라는 책을 펼쳤다. 글자가 눈에 들어올 리 없다. 정신이 멍했다.

저녁 즈음에야 차례가 왔다. 그녀는 아들의 발병에서부터 오늘에 이르기까지 겪은 일들을 요약해서 말한 다음 도움을 청했다. 더 생각하고 말고 할 여유가 없었다. 아들의 쾌유를 위해 지푸라기라도 잡는 심정으로 구명시식을 결심했고, 그것은 한 달 후로 날짜가 정해졌다.

구명시식이란 구병시식 또는 천도재라는 명칭으로도 부른다. 질병의 치유를 위해 구천을 떠도는 영가, 억울하게 돌아가신 원한 맺힌 조상 영가를 좋은 곳으로 천도시켜 후손들과의 불편한 관계를 풀어주는 의식이라고 했다. 그녀는 시가 쪽의 조상 영가와 친정 쪽 조상 영가의 명단을 죄다 적어서 제출한 다음 집으로 돌아왔다.

그녀는 아들이 발병한 후 근 두 달여 만에 비교적 편안한 잠을 잘 수 있었다. 희한한 것은 아들의 병세도 그날을 기점으로 하여 호전의 기미를 보였다는 사실이다. 진통제 없이는 잠시도 못 견디더니, 진통제 맞는 횟수가 뜸해지고 며칠 후엔 병나고 나서 처음으로 멀건 미음 국물이나마 먹게 되었다. 신기했다.

"어머니! 부추김치랑 쪽파김치 좀 담가 놓으세요. 퇴원하면 먹게요."

입맛이 돌아온 것일까. 대단한 변화였다. 멀건 죽이 되직하게 바뀌었고, 부축을 받지 않고서 병실 복도로 산보를 나가기도 했다. 기적이었다.

"이 정도 추세라면 며칠 더 경과를 지켜본 후에 다음 주 중으로 퇴원해도 좋을 것 같습니다."

의사 선생님도 기쁜 표정을 감추지 않았다. 그 어떤 의학 지식을 총망라해도 설명할 수 없는 불가사의한 일이 벌어진 것이다. 이 병원 시스템에서는 아들의 병명을 규명해 낼 수 없다며 빨리 다른 병원으로 이동해서 복부를 열어봐야만 원인을 알 것 같다고 했다. 그게 불과 사흘 전 일이다. 아들의 병세 호전에 의사 못지않게 그녀도 어리둥절했다.

"오이소박이도 먹고 싶고 포기김치도….."

아들은 맵고 칼칼한 김치 종류를 나열했다.

구명시식 날짜를 받아왔을 때 병고를 털기 시작한 아들은 구명시식도 하기 전에 퇴원했다. 집에 돌아온 아들은 하루가 다르게 회복해갔다. 얼굴에 화색이 돌았고, 퇴원 열흘이 경과하자 그녀가 극구 말려도 직장으로 복귀했다. 발병한 지 두 달 만의 출근이었다.

아파트 단지에는 냉이와 지칭게, 매음, 씀바귀, 국수댕이, 꽃다지, 벌금자리 등 작은 풀 종류들이 포릇포릇 돋아나고 있었다. 아들이 병치레하는 동안 세월은 저 혼자 줄달음친 것이었다. 완연한 봄이었다.

구명시식 날이었다.

그녀는 아침 일찍 목욕재계를 했다. 『지장보살본원경』 전품을 읽은 다음 잠실정사로 갔다. 강당으로 올라가는데 다리가 덜덜 떨리는 것이 아들이 병을 앓는 와중에 그녀의 육신도 지칠 대로 지쳐 있었다.

법당 안엔 여러 개의 촛불이 타오르고, 숨 쉬는 소리도 들려오지 않을 만큼 적요함이 감돌았다. 그녀의 이름을 불렀다. 자리에서 일어나 면담실로 나아갔다.

"한 가지 소원만 말하라."

C 법사의 모습은 평소와는 전연 다르게 마주 바라보기조차 어려울 지경으로 엄숙했다.

"아들이 건강하여 좋은 배필을 만났으면 합니다."

진심이었다. 병은 이미 나았다. 아들이 참한 신부 만나 행복한 삶을 누릴 수만 있다면 더 바랄 것이 없었다.

"아들은 그동안 신병神病을 앓았어요."

그녀가 놀란다. 신병이라면 무속인들이나 그런 일에 종사하는 특별한 사람들이 앓는 이상한 병으로만 알았다.

"어머니 영가 한 분만 오셨어요."

C 법사는 남들이 듣지 못하게 나직하게 말했다. 의외였다. 오신 분은 달랑 그녀의 모친 영가 한 분 뿐이라는 사실이 놀라웠다.

―죽으면 편할 줄 알았는데 죽어서도 이렇게 괴롭구나.

어머니 영가의 하소연이었다. 어머니 영가는 살아 계실 때의 말투 그대로 탄식하듯 자신의 절박한 처지를 실토했다.

영선은 속이 부글부글 끓어올랐다. 애지중지 사랑하던 어머니의 다른 자식들을 다 제쳐두고, 어찌하여 나에게 이럴 수가 있느냐고 항변하고 싶었다.

―네가 그렇게 생각하는 것이 당연하다. 왜냐하면 너의 큰 언니는 일찍 죽을 것이기 때문에 너의 큰언니를 더 위해준 것이야.

그녀는 어머니 영가의 진의를 얼른 파악할 수 없다. 숫제 어떤 말도 더 하고 싶지 않았다. 그녀는 야속한 마음뿐이었다. 한동안 무거운 공기가 감돌았다.

C 법사는 또 C시 지역에서 대량학살 당한 영가들이 어머니 영가를 따라서 단체로 나왔다고 했다. 그분들을 위해서는 별도의 굿을 해주시겠다고 했다.

그녀의 어린 날 어머니 주변에 남녀노소를 막론하고 많은 사람들이 따르는 것을 보아왔다. 더구나 C시라면, 그럼 6·25 전쟁 때? 그제야 어머니 영가가 저승에서도 편치 않다는 사실이 애달팠다. 다른 영가들이 왜 어머니 영가를 따라다니며 괴롭히는지 실로 안타까웠다.

C 법사가 지시하는대로 그녀는 어머니 영가에게 술을 올리고 정중하게 큰절을 올렸다. 눈물이 주체 못하게 쏟아졌다.

"어머니, 부디 평안하시옵소서."

—네 아들을 건강하게 해주마.

어머니 영가가 약속했다.

C 법사는 살아있는 사람들에게 수다한 소원 중, 딱 한 가지 소원만 말하게 하였고, 영가들에게도 당치않게 과한 욕심을 부리거나 이치에 어긋나게 떼를 쓰는 경우, 영가를 타일렀다. 때에 따라서는 그들이 생시에 좋아했던 법문이나 노래를 들려주어 영가들을 달래 준다고 했다. 우리 눈에 형체만 안 보일

뿐 영가들도 우리와 동일한 정서를 갖고 있다는 것이다. 어머니 영가는 C 법사의 영능력에 의해서 저세상에서의 어려운 문제들을 해결 받은 것이 틀림없어 보였다. 그녀는 조심조심 법당을 빠져나왔다.

어머니가 그녀를 임신하기 전부터 아니, 출산 후에도 아버지의 출장이 잦았다고 했던가. 당시 아버지는 대전 땅을 통째로 사고도 남을 만큼 돈을 잘 벌었다고 큰 당숙이 말씀하신 일이 있다.

'실뱀 한 마리가 애비 에미 갈라 놓았다.'

외할머니의 판결문이었다. 실뱀은 곧 그녀를 가리키는 말이었다. 아버지의 사업 번창은 결국 그녀의 죄로 귀착된 것일까.

'재수 없는 계집애가 나와 가지고 즈이 오래비 배를 곯린다.'

이 역시 태어나면서부터 그녀에게 부가된 죄목 중 하나였다.

그녀는 어려서 병치레를 많이 했다. 머리맡에는 항상 한약 사발이 떠날 날이 없었고, 텅 빈 방에 누워 혼자 지내는 날이 많았다. 자주 아프니까 미워한 것일까.

유치원에 가기 전이었던 것 같다. 그녀는 골방에서 거울 조각을 방바닥에 놓고 어머니와 어디가 닮았는지, 형제들과는 닮은 구석이 있는지를 살피다가 언년이에게 들켰다. 어머니에게 일러바쳐 얼마나 야단을 맞았는지 그 일을 잊지 않고 있다.

사교계의 여왕이던 큰언니가 어머니와 매일같이 최고의 성장을 하고 외출했다. 그때마다 그녀는 언년이의 종이 되었다. 청소와 설거지는 기본이고, 밥 먹을 때, 잠잘 때, 숙제할 때도 막내인 남동생을 등에 업고 살다시피 했다. 언년이가 어머니보다도 더 독하게 굴었기 때문이다.

밖으로 나온 그녀는 휑하니 넓어 보이는 새벽 거리를 굽어보며 회한의 눈물을 흘렸다. 이따금 차들이 속도를 내어 질주할 뿐, 행인도 없는 새벽 거리는 적막했다.

어머니였다니까!

그녀는 경악했다. 어처구니가 없어서 헉! 하고 허파에서 바람 빠지는 소리가 났다. 아들을 이상한 병에 걸려 고생시킨 범인은 다른 누구도 아닌 자신을 낳은 어머니가 아니던가. 왜 하필 나야? 나한테 어떻게 했는데? 그녀는 전봇대를 냅다 걷어찼다.

그래. 그렇다면 이제 평화협정을 맺은 거야? 저승에서의 고통을 이기지 못하고, 그것을 면제받기 위해 아무 잘못도 없는 그녀의 아들을 지목하여 그 실상을 나누었더란 말인가. 그래서 덜은 것인가. 벗어난 거란 말이지? 그렇게 어머니 영가는 스님들이 말하는 번뇌 없는 피안의 세계로 떠난 것인가?

그녀는 버스 정류장을 그냥 지나쳐 계속 걸어갔다. 새벽빛이 엷어지면서 거리 곳곳에 푸른 아침이 서서히 기지개를 켜고 있었다. 요구르트 아줌마의 손수레가 아파트 단지로 들어가는 것이 먼빛으로 보였다.

잠실역으로 가는 시내버스가 몇 대나 그냥 지나갔다. 그녀는 집으로 가야한다는 사실도 망각한 채, 출근 인파로 술렁이는 아침거리를 바라보며 생각에 잠긴다.

주님 찾아 오셨네 모시어 들이세
겸손한 자 찾도다 모시어 들이세

새벽 네 시. 졸린 눈을 비비고 Y 교수님 방에 모여앉아 예배보는 일이 그녀는 괴로웠다. 그러나 나름대로 유익하고 재미있는 일이 더 많았다. 작가이기도 한 Y 교수님 댁에는 그녀 외에 대개 사정이 엇비슷한 가출 소녀 서넛이 입주해 살고 있었는데 학교생활은 오히려 안정적이었다.

L대학 학보에는 그녀의 콩트며 소설이 자주 선보였다. 집안에 쌓인 게 책이다 보니 휴일에도 외출 대신 그녀는 책을 읽었다. 꿈같은 나날이었다.

"야아, 너그들, 도시락 반찬 아무렇게나 싸 가면 아니 된다. Y 교수님 위신 깎여요. 자아 여기 보세요, 이 정도는 돼야지

핫핫핫."

전업 작가인 Y 교수님 부군 B 선생님이 직접 나서서 일하는 언니를 지휘, 채근하여 예쁜 찬합에 오색찬란한 도시락을 준비해준 일은 두고두고 잊을 수가 없다.

언니 뻘 밖에 안 되는 계모가 싫어서 왔건, Y 교수님에게 작가 수업을 받기 위해 왔건, 피아노 전공의 딸을 두메산골 농가로 출가를 고집하는 부모님 성화를 피해 도망나왔건, 그녀의 경우처럼 큰언니만 알고 그녀에게는 냉정한 친모와의 마찰과 갈등 때문에 입주했건, Y 교수님댁 네 명의 소녀들은 모두 다 Y 교수 내외분의 양녀 개념이었다.

제일 먼저 들어온 사람이 맏언니 격으로 손님이 오신다든가 큰일이 있을 때는 앞장서 일을 처리했고, 나머지 소녀들은 불평 없이 순종했다. 심방 오시는 교회 목사님 일행을 대접하기 위해 각자 숨은 실력을 발휘하여 Y 교수님의 주문과 요구를 잘 수용하기도 했다.

손님들이 가고 나면 만년 소녀이면서 깐깐한 시어머니이기도 한 Y 교수님은 소녀들을 불러 요리 품평회를 열었는데, 그 표현방법이 기발하고 참신한 데에 모두들 폭소를 터뜨리곤 했다. 그녀는 언어, 행동, 음식, 요리재료, 담은 솜씨, 그릇 선택 등으로 각자 평가를 받는 게 그리 신날 수가 없었다. 또 각자 창조한 음식 맛에 따라 소녀들의 별명이 지어졌는데 맏언니

역할의 간간이를 비롯하여 꽁꽁이, 앵두, 삼삼이 등이었다.

"영선이 넌 시집가지 마라."

캠퍼스에서 늘 마주치거나 국문과 강의실을 오르내리면서 마주치는 남학생이 Y 교수님 댁으로 전화한 그날부터 Y 교수님은 그녀에게 결혼에 대해 각별한 주의를 주었다.

"결혼이란 해도 후회, 안 해도 후회란 말이다. 그렇다고 할 때 영선이는 결혼을 해보고 후회할래, 안 하고 후회할래?"

Y 교수님은 장난꾸러기처럼 질문했지만 어떤 특별한 이유가 숨겨져 있었다. 그즈음 그녀의 큰언니가 자주 Y 교수님에게 전화를 했고, 그녀의 결혼문제를 거론했던 것이다. 그녀는 결혼에 대해 관심조차 없었다. 우선은 졸업 전에 신춘문예를 뚫는 게 더 급했다.

"왜 말이 없어?"

"영선인 남학생들이 줄줄 따라다닐 텐데 뭐가 걱정이람!"

전업작가인 B 선생님이 2층 집필실에서 내려와 한 말씀 거들었다.

"문제는 꽁꽁이야요."

꽁꽁이로 불린 소녀는 키가 작달막한 뚱보였다. 마음씨 하나는 비단이었고, 다른 소녀들에 비해서 남자에 대한 관심도가 높은 편이었다.

"일단 같이 한번 의논해봅시다."

다른 소녀들이 각자 숙소로 돌아가고 나서 그녀는 Y 교수님 내외분과 자리를 같이했다.

"영선이 네 언니가 아주 심각하더라."

"언니 역할을 하는 거니까 그건 당연히 받아들여야 해요."

B 선생님이 말했다.

"교수님, 저 결혼 안 해요!"

"사실은 말야, 너를 보내주지 않으면 영선이 네 언니가 우리집으로 찾아온다고 했거든. 우리에게 잘못을 따지러 오는 것 같아. 영선이를 숨겨줬다고."

B 선생님이 곰방대를 툭툭 털더니 라이터를 당겼다.

"거 왜 학보사 기자, 잘생긴 녀석 알지? 지난봄 축제 때 우리 집에 놀러 왔던 신방과 다니는 녀석, 글쎄 네 언니가 그 학생 얼굴을 알고 있더라고."

그녀는 그간의 정황을 알 만했다.

집에서 온 전화를 받을 때마다 결혼 상대자를 선보라는 말에 그녀는 역정을 냈다. 어머니 병환이 위중하다고 꼭 한번 다녀가라고 하여 나갔다가 도둑 선을 보이는 바람에 프레스 센터 커피숍 화장실에 숨어있다가 뒷문으로 도망쳐 나온 일도 있었다.

설사 무슨 일이 벌어져도 결혼은 하지 않겠다는 결심이었다. 왜 그녀의 결혼이, 왜 배필이 중요한지 이해할 수 없었다.

귀찮고 성가셨다. Y 교수님 댁에도 미안했다. 그녀는 집에서
추천하는, 돈과 권력의 항목에서 수승한 상대 남자를 제치고
물, 바람, 새소리가 날이 새도록 들려오는 경상도 산골짝의 벽
촌 남자와 Y 교수님의 감수를 거쳐 전격적으로 결혼해버렸다.
그녀가 표출한 철저한 반항 정신의 결과였다. 관여하지 마라,
내 인생은 내가 산다는 것이었다.

　일제시대 경찰 간부가 살던 별장이라고 했다. 송도 앞바다
의 흐릿한 바닷물이 갈치 비늘처럼 번득이는 게 내려다보이는
산꼭대기 외딴집이 그녀의 신혼집이었다.

　해질 무렵 바다와 하늘은 낮보다 훨씬 환상적인 분위기를
연출했다. 서러운 노을빛이었다. 슬픔의 색조였다. 초승달이
달랑 떠 있는 서해의 밤바다는 해송들이 뿜어내는 기묘한 음
향과 함께 유령의 나루처럼 적요했다.

　그녀는 계속 보채는 아기를 안고 창가로 다가섰다. 산그늘
이 어둑하게 드리운 송도호텔로 난 샛길에는 사람 그림자가
나타날 것 같지 않았다. 이따금 쏴아~ 하고 산과 숲을 휩쓸어
가는 바람 소리만 유리창을 때렸다.

　벽시계가 밤 한 시를 알렸다. 아기는 계속 큰 소리로 울었
다. 아기 낳은 지 한 달도 채 못 되는 산모로서는 감당하기 힘
든 아기의 몸무게였다. 아기를 아랫목에 눕혀보았다. 아기 옷

을 조심스럽게 벗겼다. 아기는 예상 밖으로 가만히 있었다. 아기를 안는 자세가 서툴렀던가. 아기 몸 위에 포대기를 덮어주고 토닥토닥 달래니 아기는 스르르 눈을 감았다. 초보 엄마 노릇이 쉽지만은 않았다.

아기 아빠는 아직도 회사인가. 이른 봄의 싸한 밤공기를 뚫고 지금은 집으로 오고 있을까. 기저귀를 개키며 그녀가 연신 문 쪽을 바라보았다. 늘 그렇게 그녀는 혼자였고 기다림 속에 갇혀 지냈다. 삶이 무엇인지도, 어떻게 살아가야 하는지에 대해서도 아는 바가 없었다.

어머니는 세상 떠나기 불과 얼마 전, 그녀가 다니는 교회로 찾아온 일이 있다. 교회라고 해서 하나님의 거룩한 에덴동산만은 아니었다. 일요예배뿐 아니라 수요예배, 구역예배, 성경공부, 성령대부흥회, 철야예배, 기도원 금식기도, 심방예배 등등. 어느 요일 한번 집 안에 온전히 들앉아 있을 수가 없었다. 요일마다 특정한 명칭을 붙인 각종 모임에 참가하는 일은 체력, 시간, 물질, 등 그녀에게 무엇 하나 버겁지 않은 게 없었다.

엄청난 투자와 복종의 연속이었다. 집을 비우는 시간이 많아지고, 그렇게 미친 사람처럼 허둥대며 쫓아다니는 그녀를 만나기 위해 어머니는 한강 둑에 앉아서 3부 예배가 끝나기를 기다리고 있었다.

"여러 자식 중에 영선이 네가 가장 경우 바르고 생전 거짓말을 안 한다. 돈은 너 한테 있어야 하는데 엉뚱한 데 가서 있어 가지고 형제간에 분란이 일어난다."

뜬금없는 발언이었다. 그녀는 침묵으로 일관했다. 그녀는 싫든 좋든 우리 주 예수 그리스도에게 모든 걸 바친 바 되었다. 죽은 듯이 맹종함으로써 원죄는 물론 멀쩡한 자신의 생모를 계모로 오인한 죄를 씻을 수 있게 되었다고 믿고 있었다.

Y 교수님 댁에 더 오래 머물러 있어 교수로 가는 수순을 밟아 Y 교수님의 후계자로서 살아오지 못한 것도 새삼 가슴 아프게 돌아보고 싶지 않았다. 모두가 주님의 뜻일 테니까.

퇴근 후 제시간에 돌아오는 일이 한 달 중 열흘이 채 못 되고, 그 열흘이라야 밤 12시 이전에는 귀가한 일이 없는, 집에 돌아와도 아이와 놀아주기는커녕 손조차 잡아주지 않는 얼음같이 차가운 남편에 대한 기대와 염원도 그녀는 예수님 발아래 내려놓았다.

아이 낳고 시도 때도 없이 소낙비 퍼붓듯 하는 살인적인 하혈 증세에 대한 것이며, 그 어떤 사연도 들춰내 어머니의 면전에서 눈물을 보이고 싶지 않았다. 모처럼 만난 어머니 앞에서 그녀는 할 말이 없는 것이다.

"네 꼴이 말이 아니구나."

원효대교를 건너 마포에 와서 어머니가 그녀에게 자장면을 사주었다. 어머니 몫의 자장면을 반 넘게 그녀의 그릇으로 덜어주고, 어머니는 자장면 가락을 집어 올리는 딸의 젓가락을 지켜보았다.

"아범은 여전히 집에 늦게 들어온다며?"

어머니는 사위에 대해서 물었지만 그 점에 대해서도 그녀는 묵묵부답이었다. 어머니와 함께하는 시간이 그녀는 고역이었다.

"옷이라도 한 벌 사 입어라. 거지도 손 볼 날이 있다는데 젊은 애가 옷이 그게 뭐냐?"

어머니는 봉투 하나를 그녀의 외투 주머니에 찔러 넣었다. 그녀는 세속사를 초월한 듯 옷 같은 것은 아예 신경조차 쓰지 않았다. 옷차림새야 어찌 되었건 그녀는 교회에서 인정하는 능력 있는 집사님이었다. 부자동네, 산동네 할 것 없이, 목사님과 전도사님을 모시고 심방예배도 열심히 참석했다.

"잘 가거라."

그녀는 어머니와 헤어졌다. 그것이 어머니와 지상에서의 마지막 작별이 될 줄 예상이나 했을까.

그녀는 결심했다. 평생에 걸쳐 앓아온 마음의 병, 영혼의 상처를 치유하는 기간으로 설정하자고 다짐했다. 그녀의 영혼

이야말로 상처투성이였다. 대학로의 마지막 구명시식을 신청하기 위해 많은 사람들이 길게 줄을 서 있었다.

그녀는 오직 어머니와의 진정한 화해를 원했다. 지난번 생애 최초의 구명시식에서 아들의 요상스런 신병은 고칠 수 있었지만, 그녀는 결코 어머니 영가를 이해하지 못했다.

그녀는 어머니 영가를 다시 만나 자신의 영혼을 위로받고 싶었다. 그녀 인생에서 한 가지 절실한 소원은 바로 어머니 영가와의 진정한 화해였다. 유독 큰언니를 위해준 데에는 그녀가 모르는 그만한 까닭이 있을 터였다. 어머니는 늘 열 손가락 깨물어 아프지 않은 손가락이 없다고 하지 않았던가. 내 어찌 어머니의 하해 같은 심정을 감히 헤아릴 수가 있단 말인가.

그녀는 한 가지 소원을 해결하려는 간절함으로 천도재 신청서 한 장을 소중하게 받아든 채 한참이나 그 자리에 서 있었다. 만감이 교차했다.

구름이 멀리 떠서 푸른 하늘 한가운데를 유유히 흘러갔다. 아침에 유성에 오면서 보았던 무지갯빛 오묘한 색채는 화해의 상징이었던가. 태양 주위로 사이좋게 나란히 그어진 하얀 선 두 개는 어떤 의미일까. 그 선은 하나로 합쳐져 넓은 하늘 어디쯤 흐르고 있을까.

서울로 서울로, 고속버스는 속력을 내어 달려갔다. 그녀의 한 가지 소원을 싣고서.

동창회 소묘素描

초판 1쇄인쇄 2021년 9월 24일
초판 1쇄발행 2021년 9월 27일

저   자 변영희
발행인 박지연
발행처 도서출판 도화
등   록 2013년 11월 19일 제2013 - 000124호
주   소 서울시 송파구 중대로34길 9 - 3
전   화 02) 3012 - 1030
팩   스 02) 3012 - 1031
전자우편 dohwa1030@daum.net
인   쇄 (주)현문

ISBN | 979 - 11 - 90526 - 49 - 4 *03810
정가 13,000원

도화道化, fool는
고정적인 질서에 대한 익살맞은 비판자,
고정화된 사고의 틀을 해체한다는 뜻입니다.